DAS GEHEIMNIS
DER DREI GEIGEN

ULRIKE KUCKERO

DAS GEHEIMNIS DER DREI GEIGEN

Mit Bildern von

Dorothea Tust

THIENEMANN

EIN GEHEIMNISVOLLES GESCHENK

Es begann schon zu dämmern, als Robert zurück zum Spielplatz hastete, um die Mütze seiner kleinen Schwester zu suchen.

Warum nur haben kleine Geschwister die schlechte Angewohnheit, Mützen oder Teddys oder Handschuhe zu verlieren, dachte Robert grimmig und kickte ein Steinchen über den Gehweg. Immer war er es, den die Eltern losschickten, um die vergessenen Sachen zu holen. Immer war er es, der eigentlich Schuld hatte. Und immer war er es, der ausgeschimpft wurde. Ungerecht war das. Ungerecht und gemein.

Das Steinchen rollte über die Platten des Gehwegs und landete im Gebüsch. Robert starrte ihm nach. Am liebsten würde er sich zu dem Steinchen unter den Busch legen und nie mehr nach Hause gehen. Am liebsten würde er …

Doch da erstarrte sein Schritt und er blieb stehen.

Dort, wo eben das Steinchen hingerollt war, kam eine Gestalt hervor. Sie bog die Zweige des Buschs zur Seite, klopfte den langen Mantel ab, zog den breiten Hut ein wenig mehr ins Gesicht und sagte mit singender Stimme: »Da bist du ja endlich. Dies hier ist für dich. Gib gut darauf Acht, dann wirst du viel Freude haben!«

Sie holte hinter dem Mantel einen schwarzen Kasten hervor und streckte ihn Robert entgegen.

Robert zögerte. Er blinzelte. Träumte er?

Da kam ein Wind auf, die Blätter rauschten, die Gestalt war fort und in Roberts Händen lag ein schwarzer Geigenkasten. Er war schon ein wenig abgeschabt, doch die Verschlüsse an der Seite glänzten golden im Dämmerlicht.

Ob eine Geige drin war?

Vorsichtig legte Robert sein Ohr an den Kasten und rüttelte ihn sanft. Nichts war zu hören.

Sollte das heißen, dass diese seltsame Person ihm ein Geschenk gemacht hatte? Durfte er das denn annehmen?

Andererseits – Robert schaute sich um –, zurückgeben ging auch nicht mehr. Die Gestalt war verschwunden.

Grübelnd ging Robert weiter zum Spielplatz. Lottas Mütze fand er bei den Schaukeln. Dann trabte er zurück nach Hause und hielt den geheimnisvollen Kasten mit beiden Armen fest.

Falls eine Geige drin war – das wäre das größte Geschenk, das er jemals bekommen hätte! Er würde Geige lernen und …

Doch nein. Die Stunden. An den Stunden würde es scheitern. Niemals würde sein Vater Geld für Geigenstunden ausgeben. Niemals.

So kam es, dass Robert mit düsterem Gesicht in den Hausflur trat und darüber nachdachte, wie er die Geige am besten loswerden konnte. Auf halber Treppe kam ihm Josefa entgegen.

»Hey!«, rief sie erfreut. »Eben gerade hab ich bei euch geklingelt, ob du noch kurz rüberkommst. – Hoppla, was hast du denn da?«

Erstaunt sah Josefa auf den schwarzen Kasten, den Robert noch immer fest umklammerte.

»Ach«, knurrte Robert. »Den kannste haben. Ich hab ihn gerade geschenkt bekommen. Aber ich kann ihn sowieso nicht gebrauchen.«

Er hielt Josefa den Geigenkasten entgegen.

»Was sagst du da?«, rief Josefa und trat einen Schritt zurück. »Geschenkt? Du meinst, du hast einfach so eine Geige geschenkt bekommen? Von wem? Wo? Warum?«

Doch bevor Robert antworten konnte, ging weiter oben im Hausflur eine Tür auf und eine ärgerliche Stimme rief: »Wo bleibst du denn? Wir wollen endlich Abendbrot essen. Wird's bald! Und hast du die Mütze?«

Das war Roberts Vater. Genauer gesagt, sein Stiefvater. Sein richtiger Vater war gestorben, als Robert noch ein Baby war. Vor drei Jahren hatte seine Mutter den Jens geheiratet. Und dann hatte Jens von Robert verlangt, dass er Vater zu ihm sage. Vater, nicht Papa oder Dad oder Vati. Also sagte Robert Vater zu Jens und jedes Mal dachte er bei sich: Mein Vater bist du trotzdem nicht.

Oben knallte die Tür ins Schloss.

Josefa verdrehte die Augen. »Wenn er schon weiß, dass du hier mit mir redest und gleich hochkommst, könnte er die Tür eigentlich gleich auflassen«, flüsterte sie empört.

Robert zuckte die Schultern. Bestimmt hatte Jens die Tür extra zugeknallt. Damit er klingeln musste und dann noch einmal ausgeschimpft werden konnte. Er schaute auf den Kasten in seiner Hand.

»Also«, flüsterte er zurück, »willst du die

Geige oder was immer drin ist, haben? Ich krieg ja doch nur Ärger, wenn ich mit dem Ding nach Hause komme!«

»Okay«, zischte Josefa. »Ich nehm sie. Aber nur für eine Stunde. Dann kommst du zu mir rüber und erzählst mir alles ganz genau. Denk dir eine gute Ausrede aus! Meinetwegen wieder, dass ich unbedingt Mathe üben muss und du dir ein paar Mark verdienen willst.«

Erleichtert schaute Robert Josefa hinterher, die mit dem geheimnisvollen schwarzen Kasten die Treppe hochlief und dann hinter der rechten Tür verschwand.

Er selbst hielt vor der linken Tür an, zögerte einen Moment, holte dann Lottas Mütze aus der Tasche und atmete einmal tief ein und wieder aus. Dann klingelte er.

NOCH EINE ÜBERRASCHUNG

Eine Stunde später hockte Robert tatsächlich bei Josefa auf dem Teppich. Er hatte noch nicht einmal die Ausrede mit dem Matheüben gebraucht. Sein Vater Jens, der nicht sein richtiger Vater war, hatte gleich nach dem Abendbrot den Fernseher eingeschaltet. Und seine Mutter hatte sich heute nicht so müde wie sonst gefühlt.

»Geh du nur, ich bring Lotta heute Abend ins Bett«, hatte sie gesagt und gelächelt.

Also war Robert ohne eine Erklärung aus der Wohnung gegangen, in den Hausflur getreten und hatte wie immer leise bei Josefa an die Haustür geklopft.

»Na endlich«, stöhnte Josefa und rückte den schwarzen Geigenkasten zurecht. »Los, mach auf.«

»Hast du noch nicht reingeschaut?«, fragte Robert überrascht.

»Was denkst du denn von mir!«, meinte Josefa empört und schob den Geigenkasten ein wenig näher zu Robert. »Aber halt! Erst mal musst du genau erzählen, wie du zu diesem Ding gekommen bist!« Hiermit zog sie den Geigenkasten wieder fort.

Robert versuchte genau zu erzählen, was er vor kaum zwei Stunden erlebt hatte. Er berichtete, wie er einen Stein in den Busch kickte und eine Gestalt heraustrat und ihm den Geigenkasten hinhielt.

»Eine Gestalt?«, fragte Josefa. »Du meinst, ein Mann, nicht wahr?«

Robert musste zugeben, dass er darüber noch nicht nachgedacht hatte. Bisher. Konnte diese geheimnisvolle Gestalt auch eine Frau gewesen sein? Mehr als den langen Mantel, einen breiten Hut und eine irgendwie singende Stimme hatte er nicht wahrgenommen in der Eile.

»Kann also auch eine Frau gewesen sein«, stellte Josefa zufrieden fest. »Was hat sie denn gesagt, die Gestalt?«

Robert gab sich Mühe sich an alle Einzelheiten zu erinnern. Was hatte die Gestalt genau gesagt? Irgendwie war alles so unwirklich gewesen und nun war es schwer, das alles zu beschreiben.

»Sie hat gesagt: ›*Da bist du ja endlich.*‹ Ja, genau, so fing sie an«, berichtete Robert.

»Interessant«, murmelte Josefa. »Das heißt ja, er oder sie hat auf dich *gewartet*!«

Tatsächlich. So hatte Robert das bisher noch gar nicht betrachtet.

Irgendwie seltsam. Auf ihn wartete nie jemand. Nur wenn er Mützen suchen sollte oder Lotta ins Bett bringen musste, dann wartete man auf ihn. Aber ohne irgendeine Arbeit, die er tun musste? Einfach so? Nein, auf ihn wurde nicht gewartet, so viel stand fest. Jedenfalls nicht zu Hause. Manchmal wartete Josefa auf ihn. Einfach so. Sie saß im Treppenhaus, wenn er mit Lotta vom Spielplatz kam.

Robert schielte Josefa von der Seite an. Eigentlich toll, dass jemand einfach so auf einen wartet, dachte er und musste schlucken. Aber – ein Fremder? Wieso sollte der auf mich warten?

Josefa unterbrach seine Gedanken. »Und weiter?«, sagte sie schon zum dritten Mal.

»Dann hat die Gestalt so etwas Ähnliches gesagt wie: ›*Das hier ist für dich.*‹ Und dann: ›*Gib gut darauf Acht, dann wirst du viel Freude haben.*‹ Ja, genau so war es.«

Zufrieden seufzte Robert und legte sich auf den Bauch. Er ließ seine Augen über den schwarzen Kasten wandern wie über ein schön eingepacktes Weihnachtsgeschenk, das man nicht sofort aufmachen möchte.

Josefa schob den Geigenkasten wieder zu Robert. »Jetzt mach auf«, sagte sie aufmunternd. »Ich sterbe vor Neugier.«

Langsam zog Robert den Kasten zu sich

heran, ließ die beiden Verschlüsse aufspringen und legte die Hand auf den Deckel. Vorsichtig klappte er den Deckel zurück, bis man hineinblicken konnte.

Der schwarze Kasten war innen mit scharlachrotem Samt ausgelegt. Ein Leuchten und Strahlen drang hervor, als wären tausend Lämpchen darin versteckt. In der Mitte lag ein längliches Teil, das in ein nachtblaues Seidentuch eingewickelt war. Oben schaute ein verzierter Knauf heraus mit schwarzen Drehknöpfen an den Seiten.

Noch immer starrten die beiden in den Kasten. Niemand rührte sich.

Schließlich stieß Josefa Robert an. »Los, nimm sie raus. Es ist deine. Hat der Mann oder die Frau nicht gesagt: ›*Das hier ist für dich.*‹?«

Da griff Robert nach dem Seidentuch. Mit einem leichten Surren glitt es zur Seite und eine Geige kam zum Vorschein.

»Ahh«, machte Josefa.

»Ohh«, machte Robert. »Wie schön!«

Vorsichtig ließ er die Finger über die Saiten streichen. Leise Töne erklangen.

»Aber wo ist der Stock, den man zum Spielen braucht?«, fragte Josefa.

Robert lachte. »Der Bogen, meinst du. Der befindet sich im Deckel. Hier, siehst du?«

Er zeigte auf den Bogen, der in einer Halterung im Deckel klemmte. Doch er nahm ihn nicht heraus, fuhr nur sanft mit den Fingern über den glatten Griff.

Dann verdüsterte sich sein Blick und mit einer raschen Bewegung machte er den Geigenkasten wieder zu. »Ausgeschlossen«, murmelte er. »Ausgeschlossen.«

»Was ist ausgeschlossen?«, rief Josefa und öffnete den Deckel wieder.

»Ausgeschlossen, dass ich Geige spielen lernen darf!«, sagte Robert. »Wir haben kein Geld. Nicht mal eine neue Schultasche kann ich kriegen. Und außerdem muss ich mich um Lotta kümmern. Ausgeschlossen. Hier, nimm du sie.«

Damit schob Robert den Geigenkasten zu Josefa hin und sprang auf.

Schon war er an der Tür und knurrte noch ein »Tschüss« hervor, da stieß Josefa einen leisen Schrei aus.

»Hast du das hier gesehen?«, rief sie und deutete auf ein Schild, das hinter dem Bogen im Deckel klebte. Es sah ganz neu aus.

Robert beugte sich darüber und traute seinen Augen kaum. Dort stand in großen deutlichen Buchstaben:

»Diese Geige berechtigt ihren Besitzer
zu unentgeltlichem Unterricht bei der
Geigenlehrerin
Fräulein Stockhausen,
wohnhaft in der Brahmsgasse 123.«

JOSEFAS IDEE

»Brahmsgasse«, murmelte Josefa vor sich hin, lief hinaus und kam mit dem Telefonbuch zurück. »Brahmsgasse 123. Eine ganz schön lange Hausnummer für eine Gasse.«

Konzentriert blätterte sie und suchte, während Robert noch immer in den Geigenkasten starrte.

Eine Geige und umsonst Unterricht. Da konnte doch was nicht stimmen. Irgendetwas stimmte da nicht, ganz klar.

Doch sosehr Robert überlegte, was wohl nicht stimmte an dieser Sache – er hatte keine Erklärung dafür. Schließlich klappte er den Geigenkasten zu und beobachtete Josefa bei ihrer Suche im Telefonbuch.

»Schulz, Sonnemann – da: Stock. Moment …« Josefa beugte sich über die Seite und fuhr mit dem Finger über die Spalten mit den Namen.

»Stolze. – Schade. Kein Stockhausen, kein Eintrag, keine Telefonnummer«, seufzte Josefa und machte das Telefonbuch zu. »Also müssen wir da wohl hin.«

»Wir?«, fragte Robert und schaute Josefa überrascht an. »Heißt das, du willst mitkommen?«

Josefa stemmte die Arme in die Seiten und strahlte Robert mit einem breiten Grinsen an. »Meinst du, ich lass dich ganz allein zu fremden Leuten gehen?«, fragte sie keck und ließ ihre Muskeln unter dem Pulli spielen.

Keine Frage, Josefa war stark. Und mutig war sie auch, das hatte er schon oft genug gemerkt. In der Schule war sie auf dem Schulhof nicht unterzukriegen. Und mit dem Hausmeister verstand sie sich prima. Das schaffte noch nicht einmal der Schulleiter.

Zu Jens war sie einmal richtig frech gewesen, ohne mit der Wimper zu zucken. Jens hatte sich das einfach gefallen lassen. Robert hätte für diese Antwort mindestens eine Ohrfeige und zwei Wochen Fernsehverbot bekommen. Und vielleicht sogar noch drei Tage Hausarrest, je nachdem ob Jens etwas getrunken hatte. Wenn er getrunken hatte, bestrafte er immer besonders streng.

»Sollen wir da überhaupt hingehen?«, fragte Robert nachdenklich und ein bisschen besorgt. »Vielleicht ist das ja auch nur eine Falle. Vielleicht sind das Kinderklauer, die uns fangen wollen.«

»Ha«, machte Josefa. »Das kriegen wir aber ganz schnell raus, ob das eine Kinderklauerin oder eine Geigenlehrerin ist. Morgen gehen wir hin!«

Robert fragte sich, wie Josefa das herausbekommen wollte. Doch sie zuckte nur mit den Schultern, zwinkerte listig und vertröstete ihn auf morgen.

Also verabschiedete sich Robert. Die Geige in dem schwarzen Kasten ließ er vorsichtshalber gleich bei Josefa. Damit Jens nicht meckern konnte. Und seine Mutter keine Fragen stellte.

Am nächsten Morgen, als Josefa und er gemeinsam zur Schule gingen, war er sehr niedergeschlagen.

»Was ist los?«, fragte Josefa. »Hat Jens dich zu einer Woche Hausarrest verdonnert?«

Robert schüttelte den Kopf. »Schlimmer«, murmelte er. »Mir ist eingefallen, dass man ja nicht nur einmal in der Woche zum Unterricht geht, sondern auch zu Hause üben muss.«

»Und?«, fragte Josefa. »Wo ist das Problem?«

»Verstehst du nicht? Jens flippt aus, wenn jemand bei uns Krach macht. Lotta darf keinen Mucks machen, weil Jens seine Ruhe haben will. Und wenn sie mit Bauklötzen wirft, kommt er rein, nimmt ihr alles weg und steckt sie ins Bett. Kannst du dir vorstellen, dass ich da auf einer Geige rumkratzen darf? Das halten ja schon normale Leute nicht aus.«

Roberts Stimme war ganz heiser geworden.

Stumm schaute Josefa ihn an. In Gedanken gab sie Robert Recht. Sie hatte selbst schon einmal miterlebt, wie Jens einen Wutanfall bekam, weil Lotta hingefallen war und weinte. Jens war ins Zimmer gekommen und hatte gebrüllt, dass Roberts Mutter sich gerade hingelegt habe und man ja wohl verlangen könne, dass Robert für Ruhe sorge.

Wie gut, dass ich keinen Vater habe, dachte Josefa und vergaß im Moment, wie oft sie sich schon sehnsüchtig einen gewünscht hatte.

Verlegen zerrte sie an ihrer Schultasche und ging neben Robert her, bis sie zur letzten Ampel vor der Schule kamen. Schließlich sagte sie lahm: »Aber es muss doch eine Lösung geben!«

»Pah!«, machte Robert. »Es gibt nicht immer eine Lösung. Und jetzt will ich nichts mehr von der Geige hören. Heute Nachmittag bringe ich sie zurück.«

Die Ampel sprang auf Grün. Die beiden Kinder gingen über die Straße und durch das Schultor.

»Ich *weiß*, dass es eine Lösung gibt«, murmelte Josefa vor sich hin. »Du wirst schon sehen, mir fällt da noch was ein!«

Doch Robert hörte sie nicht. Wütend stieß er mit dem Fuß gegen den Papierkorb neben der Eingangstür und polterte dann die Treppe zum Klassenraum hoch.

Komisch. Zu Hause ist er auf der Treppe immer ganz leise, dachte Josefa. Bestimmt, weil Jens auf alles achtet, was Robert tut. Meine Mutter ist nicht so streng mit mir. Der ist es egal, ob ich auf der Treppe Lärm mache oder nicht ...

Kaum hatte Josefa dies zu Ende gedacht, hatte sie auch schon eine tolle Idee. Das war es! *Die* Lösung! Es gab eben doch immer eine Lösung, pah!

»Ich hab's!«, rief Josefa.

Robert blieb auf einer Stufe stehen, drehte sich langsam um und sah sie an. Seine Augen waren dunkel vor Traurigkeit. »Vergiss es«, sagte er leise. »Nachher bring ich die Geige zurück.«

»Aber ...«, rief Josefa. »Du, du kannst bei *mir* zu Hause üben! Ist das nicht klasse? Keiner merkt, dass du eine Geige hast, und keiner merkt, dass du übst. Na, was sagst du?«

Einen Augenblick zögerte Robert, dann huschte ein Lächeln in seine Augen. »Meinst du?«, fragte er. »Und deine Mutter?«

»Du weißt doch selbst, dass sie immer erst um fünf Uhr kommt. Da ist zum Geigeüben massenhaft Zeit!«

IN DER BRAHMSGASSE 123

Gerade war Robert aus der Wohnung getreten, um Josefa abzuholen. Da machte seine Mutter die Tür noch einmal auf und rief ihm nach: »Aber um sechs musst du zu Hause sein, du weißt ja!«

Na klar, Robert wusste. Sonst würde Jens Ärger machen. Richtigen Ärger. Also auf gar keinen Fall erst nach sechs nach Hause kommen. Das war Gesetz.

»Weiß ich doch!«, rief er deshalb zurück und schaute der Mutter kurz ins müde Gesicht.

Blass sah sie aus. Unter den Augen lagen dunkle Schatten. Ob sie krank war? Schnell blickte Robert weg.

Im Flur hinter der Mutter krabbelte Lotta über Wäscheberge. »Dada«, kreischte sie und griff in die Luft. Sie wollte, dass Robert zurückkam.

»Jetzt nicht! Ich spiel später mit dir«, rief Robert seiner kleinen Schwester zu und winkte kurz.

Dann klopfte er bei Josefa. Die Tür ging einen Spaltbreit auf und Josefas Nase erschien.

»Ist die Luft rein?«, flüsterte sie.

Als sie sah, dass die Tür zu Roberts Wohnung wieder zu war, schlüpfte sie heraus. In der Hand hatte sie den schwarzen Geigenkasten. Rasch liefen die beiden Kinder die Treppen hinunter und draußen die Straße entlang bis zur nächsten Ecke.

Dann hielt Josefa an und streckte Robert den Geigenkasten entgegen. »Da. Jetzt musst du ihn tragen.«

Bereitwillig nahm Robert den Kasten. Irgendwie komisch, so auf offener Straße mit einer Geige zu gehen. Jetzt denken alle Leute, dass ich Geige spiele, dachte er und musste lächeln. So unwahr war das ja auch gar nicht. Vielleicht, ganz vielleicht würde er ja Geige spielen – und zwar bald.

Doch zunächst einmal gab es ein ganz anderes Problem. Weder Robert noch Josefa wussten genau, wo die Brahmsgasse war. Sie suchten zuerst in der Nähe vom Bahnhof, weil sich dort mehrere Straßen mit Komponistennamen befanden: Schubertstraße, Mozartstraße und Beethovenstraße. Doch obwohl sie in diesem Viertel in jede Richtung gegangen waren, fanden sie keine Brahmsgasse.

Schließlich fragten sie eine junge Frau. Sie konnte ihnen jedoch nicht weiterhelfen. Dann wandten die Kinder sich an einen alten Mann, der langsam an den Vorgärten vorbeischlurfte.

»Brahmsgasse?«, sagte er gedehnt und seine Augen blitzten unter den buschigen Augenbrauen. »Lange nichts gehört von der Brahmsgasse. Aber früher kannte ich die, glaube ich. Aber ja, natürlich kannte ich die. Wartet mal.«

Er drehte sich um und schaute die Häuserreihe entlang. Dann zeigte er zufrieden mit der Hand auf etwas. »Dort müsste es sein, wenn ich mich nicht irre. Dort hinter dem gelben Haus. Dort gibt es einen kleinen Gartenweg, der ist es.«

Die Kinder bedankten sich und liefen gleich in die beschriebene Richtung.

»Ich dachte, die Brahmsgasse ist irre lang, weil sie doch einhundertunddreiundzwanzig Hausnummern hat«, sagte Josefa. »Und nun ist es nur ein kleiner Gartenweg?«

Kein Straßenschild stand an der Gasse. Sie führte zwischen zwei Häusern hindurch, dann an deren Gärten vorbei. Und plötzlich standen Robert und Josefa vor einem Häuschen, das so blau war wie der Himmel an einem klaren Frühlingstag. An der kleinen, mit Schnitzereien verzierten Tür stand ein Schild:

Brahmsgasse 123
Fräulein Luise Stockhausen
Geigenlehrerin

Tief atmete Robert ein. »Hier ist es.«

Josefa nickte. »Meinst du noch immer, dass hier vielleicht Kinderklauer wohnen?«, fragte sie.

Robert war sich nicht sicher. Er hatte gelernt, dass Kinder nicht zu fremden Leuten ins Haus gehen durften. Und nun wollten sie hier einfach so klingeln, ohne dass er eine Ahnung davon hatte, wer Fräulein Luise Stockhausen wirklich war?

Josefa stellte sich auf die Zehenspitzen und schielte durch das Fenster neben der Tür. Doch nichts war zu erkennen. Plötzlich erklangen Töne. Sie waren so sanft und weich, dass Robert die Tränen in die Augen stiegen. Die Melodie stieg höher und wieder abwärts, als käme sie zu Hause an. Und dann war es still.

Robert wünschte, er könnte die Töne noch einmal hören, nur um sie sich zu merken und ... Ja, und was? Um sie vielleicht irgendwann selber spielen zu können?

Doch bevor er weiter darüber nachdenken konnte, was jetzt zu tun war, ging plötzlich die Tür auf. Eine kleine Frau stand vor ihnen, eine Geige in der einen, einen Bogen in der anderen Hand.

»Aha«, sagte sie nur.

Sie musterte die beiden Kinder durch eine funkelnde, runde Brille. Schließlich blieb ihr Blick auf dem schwarzen Geigenkasten ruhen.

Niemand sagte etwas.

»Äh … ich bin Robert«, setzte Robert schließlich an. Dann fiel ihm nichts mehr ein.

»Also … und ich Josefa«, begann Josefa. Doch auch sie verstummte.

»Na, dann wollen wir mal«, sagte die kleine Frau nun und zeigte auf den Kasten in Roberts Hand.

»Was denn?«, fragte Robert zaghaft.

Doch die Frau schien ihn nicht gehört zu haben. Sie schwang ihre Geige auffordernd in Richtung Hausflur und machte einen Schritt zur Seite, um die Kinder eintreten zu lassen.

»Willkommen in der Brahmsgasse eins-zweidrei, nicht wahr!«, rief sie, wobei sie die Betonung auf *eins* setzte und den Rest so schnell sprach, dass es klang wie ein einziges Wort.

Als sie die verdutzten Gesichter der Kinder sah, fügte sie hinzu: »Es gibt nur ein einziges Haus in der Brahmsgasse. Aber ich fand die Zahl *eins* zu langweilig, nicht wahr? Viel schwungvoller ist es doch, wenn man *eins*-zweidrei sagen kann. Wie ein Walzertakt, nicht wahr?«

Sie lachte ein hohes, perlendes Lachen und ging durch den düsteren Flur voraus. Plötzlich drehte sie sich noch einmal kurz um, sah Robert aufmerksam an und murmelte: »Da bist du also, nicht wahr? Hatte schon befürchtet, du kämst nicht. Aber da bist du nun, nicht wahr? Wollen sehen, wollen sehen.«

Mit diesen Worten öffnete sie eine Tür.

DER ERSTE STREICH

Robert und Josefa traten in ein kleines Zimmer, das mit alten Möbeln voll gestopft war. Ein großer Schrank stand an der Wand, daneben ein altes Plüschsofa, davor befand sich ein großer runder Tisch. Die Tischdecke darauf war schon etwas zerschlissen und grau. Doch die vielen fliegenden Noten, die aufgestickt waren, konnte man noch gut erkennen. Dann gab es Sessel, große und kleine Tischchen, Spiegel, große und kleine Gemälde, Fotos in alten dunklen Rahmen, ein übervolles Bücherregal. Und am Fenster stand schließlich ein großer Flügel mit einer Sitzbank davor. Daran lehnte ein windschiefer Notenständer.

Ehrfürchtig schwiegen die Kinder und schauten sich um.

»Nicht so schüchtern, nicht wahr?«, sagte Fräulein Luise Stockhausen fröhlich und ging zum Fenster, um die schweren Vorhänge ein wenig zur Seite zu ziehen.

In dem Sonnenlicht, das nun hereinfiel, tanzten feine Staubkörnchen.

»Ist das ein Klavier?«, fragte Josefa leise und zeigte auf den Flügel.

Robert nickte stumm. Hatte draußen auf dem Schild *Klavierlehrerin* gestanden?

Doch schon schwang Fräulein Stockhausen die Geige ans Kinn und strich leicht mit dem Bogen über die Saiten. Die gleiche schöne Melodie wie eben erklang und trieb Robert wieder die Tränen in die Augen. Wie konnten diese wenigen Töne so schön sein!

Aufmerksam betrachtete Fräulein Stockhausen ihn, murmelte ein paar Mal »Soso« und »Nicht wahr?«. Dann legte sie ihre Geige auf das dicke Samttuch, das den Flügel bedeckte, und ging zum runden Tisch. »Nun mach ihn auf«, sagte sie zu Robert.

Zögernd trat Robert an den Tisch, legte den schwarzen Kasten auf die fliegenden Noten der Tischdecke und ließ die goldenen Verschlüsse mit einem trockenen Schnapp aufspringen. Da lag sie, gebettet in roten Samt wie eine Prinzessin in ihrem Königsbett, und wartete darauf, dass Robert sie herausholte und auf ihr spielte: seine Geige.

Seine Geige? War es denn seine?

Doch bevor Robert weitergrübeln konnte, hatte Fräulein Stockhausen schon das nachtblaue Seidentuch fortgezogen und die Geige in die Hand genommen.

»Schau, so musst du sie halten«, sagte sie und legte den Hals der Geige in Roberts linke Hand. »Ganz locker, trotzdem fest. So. Und nun legst du sie dir unters Kinn. Der Kinnhalter muss ganz dicht am Kinn sein. So. Und nun lass sie los und halte sie nur mit Kinn und Schulter. So, nicht wahr?«

Fräulein Stockhausen trat einen Schritt zurück und prüfte dabei, wie Robert die Geige zwischen Kinn und Schulter hielt. Robert fürchtete gleich niesen zu müssen. Doch er nieste nicht, sondern hielt die Geige fest, als wäre sie festgewachsen.

»Naturtalent«, murmelte Fräulein Stockhausen.

»Jetzt der Bogen, nicht wahr?«, sagte sie dann und nahm den Bogen aus dem Geigenkasten. »Fass ihn hier unten an, das ist der Frosch.«

Sie gab Robert den Bogen in die rechte Hand, legte seinen Daumen in die Beuge des Griffs, der Frosch hieß, und die übrigen Finger locker auf das Bogenende.

Während nun Robert den Bogen mit der Hand bewegen sollte, stand Josefa noch immer neben der Tür.

»Locker! Das Handgelenk bleibt locker, nicht wahr!«, rief Fräulein Stockhausen und führte Roberts Hand.

Beide hatten Josefa wohl vergessen.

Sie setzte sich auf das Sofa, ließ die Beine

baumeln und hörte den beiden zu, die inzwischen die ersten Töne hervorbrachten. Wenn sie ehrlich war, dann klang das schauderhaft. Die Geige kratzte und quiekte unerträglich.

Doch weder Fräulein Stockhausen noch Robert schien dieses Gejaule zu stören. Konzentriert legte Robert immer wieder einen Finger an eine ganz bestimmte Stelle auf dem Griffbrett und strich dann den Bogen über die Saite, dass es zum Steinerweichen war. Fräulein Stockhausen strahlte und schien Roberts Versuche hervorragend zu finden. Sie redete von *Aufstrich* und *Abstrich* und *erste Lage*. Und Robert nickte immer nur, als verstände er das alles.

Eigentlich wollte Josefa ganz genau aufpassen. Doch allmählich wurden ihre Augenlider schwer. Müde sank sie in die Polster und dachte noch, dass die Stunde ja gleich vorbei sein musste. Dann schlief sie ein.

Sie wurde wieder wach, als ein paar Akkorde vom Flügel herschmetterten. Fräulein

Stockhausen griff beherzt in die Tasten, sodass der Notenständer erzitterte und die Bilder an den Wänden wackelten.

Josefa sprang auf. Hatte jemand bemerkt, dass sie gedöst hatte?

Doch niemand achtete auf sie. Fräulein Stockhausens Finger donnerten ein paar Mal über die Tasten, erst hinauf, dann wieder hinunter. Es klang wie ein Wasserfall. Dann wurden die Töne zart und sanft wie ein plätschernder Bach.

Plötzlich stand Fräulein Stockhausen auf, klappte den Flügel zu und rief: »So, nicht wahr, das war der erste Streich! Komm morgen wieder.«

»Morgen?«, fragte Robert erstaunt. »Ich dachte, man hat nur einmal in der Woche Unterricht?«

»Papperlapapp«, rief Fräulein Stockhausen, öffnete die Tür und klopfte den Kindern zum Abschied auf die Schultern. »Echte Musiker haben immer Unterricht, nicht wahr?«

ZUFALL – ODER KEIN ZUFALL?

Benommen trat Robert in den Sonnenschein. Er konnte es noch gar nicht glauben, dass er soeben seine erste Geigenstunde erhalten hatte.

Auch Josefa schien ihren Gedanken nachzuhängen.

Schweigend gingen beide Kinder die kleine Gasse hoch und überquerten die Mozartstraße. An der Ecke wandten sie sich nach links.

»Hoppla«, sagte plötzlich eine Stimme. Ein Mann bückte sich und hob eine Münze vom Gehweg auf, die Robert direkt vor die Füße gerollt war. Als er sich wieder aufrichtete, fiel sein Blick auf Roberts Geige.

»Oh, eine Geige, was für ein Zufall!«, sagte der Mann. Seine dünnen Lippen kräuselten sich in dem blassen Gesicht. »Ich suche eine Geigenlehrerin. Könnt ihr mir da jemanden empfehlen?«

Robert sah unsicher zu Josefa hin. Was wollte dieser Mann? Etwa Geigenunterricht nehmen?

Josefa starrte dem Mann in die Augen und sagte ruhig: »Nein, können wir nicht. Auf Wiedersehen.«

Dann zog sie Robert auf die andere Straßenseite.

Unauffällig sah Robert sich um. Ob der Fremde ihnen folgte?

Nein. Der Mann schaute ihnen nur nach und ging dann mit wehendem Mantel in die andere Richtung weiter.

»Warum hast du Nein gesagt?«, fragte Robert, als sie ein Stück weit gegangen waren.

»Da kann ja jeder kommen«, sagte Josefa. »Wenn er eine Geigenlehrerin braucht, soll er in den Gelben Seiten nachschauen, nicht wahr?«

Die letzten zwei Wörter betonte sie genau wie Fräulein Stockhausen. Ihre Stimme erhob sich hoch in die Lüfte und blieb an einem unbestimmten Ort dort oben hängen.

Doch Robert war nicht zum Lachen zumute. Irgendwie fand er diesen Mann unheimlich. »Meinst du, das war ein Kinderklauer?«, fragte er beklommen.

»Denkst du wirklich, die Welt ist voller Kinderklauer?«, erwiderte Josefa und lachte. »Ich hatte nicht den Eindruck, dass der an Kindern interessiert war.«

Nein, dachte Robert. Eher an Geigen. Oder an Geigenlehrerinnen.

Doch er schwieg und versuchte lieber sich genau an die Dinge zu erinnern, die er heute gelernt hatte.

Stumm gingen sie die Straßen entlang, bis sie von weitem ihr Mietshaus sehen konnten. Da blieben sie stehen und Robert gab den schwarzen Kasten Josefa. Niemand hier sollte ihn mit einer Geige in der Hand sehen!

Plötzlich machte sein Herz einen Satz und hämmerte dann wie wild gegen die Rippen. Jens!

Mit einem bösartigen kleinen Lächeln trat Jens hinter einem Auto hervor, baute sich vor Robert auf und sagte drohend: »Was für ein Zufall! Wo kommen denn die Herrschaften her? Und was ist das denn für ein seltsames Teil?«

Er zeigte auf den Geigenkasten in Josefas Hand.

»Das sehen Sie doch«, fauchte Josefa, die sich schneller als Robert von dem Schreck erholt hatte.

»Oh, diesen Ton höre ich aber gar nicht gern«, knurrte Jens und ergriff Roberts Arm. »Komm mit, Freundchen. Wir haben dich schon gesucht. Hat deine Mutter dir nicht gesagt, dass du mit Lotta auf den Spielplatz gehen sollst?«

»Nein, hat sie zufällig nicht«, sagte Josefa mit ihrer Schulhofstimme. »Zufällig war ich dabei, als sie Robert bis um sechs rauszugehen erlaubt hat. Und? Ist es schon sechs?«

Jens hielt Robert den Arm mit der Uhr vor die Nase. Vor Entsetzen weiteten sich Roberts Augen. Tatsächlich! Drei Minuten nach sechs! Ach du lieber Himmel!

»Ab nach oben!«, donnerte Jens und zerrte Robert hinter sich her. »Das gibt Hausarrest. Und Fernsehverbot.«

Verwirrt stolperte Robert hinter Jens her. In seinen Gedanken flogen Wörter und Töne durcheinander, dass er kaum klar denken konnte.

»Warte doch mal«, keuchte er schließlich, »Vater, warte mal! Ich kann es dir erklären!« Auch wenn du nicht mein Vater bist, fügte er in Gedanken hinzu.

Doch Jens wollte nichts hören. Er eilte zum Haus, warf die Tür auf und zerrte Robert hinter sich ins Treppenhaus und die Stufen hoch.

»Hier ist der Mistkerl«, rief er und knallte die Wohnungstür hinter sich zu. »Los, ab ins

Kinderzimmer. Und wehe, ich höre einen Mucks!«

Damit schob er Robert ins Kinderzimmer und machte mit einem lauten Rums die Tür wieder zu.

Lotta saß in ihrem Gitterbettchen und heulte. Ihre Windel war voll und außerdem lag ihr Teddy weit weg auf dem Fußboden. Als Robert ins Zimmer stolperte, stand sie auf und streckte die Ärmchen nach ihm aus. »Dada«, jammerte sie. »Dada!«

Schnell nahm Robert sie auf den Arm und hob sie aus dem Bettchen. »Jetzt bin ich ja da«, murmelte er und gab ihr den Teddy zurück. »Ich bin ja jetzt da.«

Und während er Lotta eine neue Windel anlegte und danach ein bisschen mit ihr auf dem Teppich spielte, musste er immer an den seltsamen Mann denken. Der war so plötzlich vor ihnen aufgetaucht wie Jens eben. Zu dumm, dass Jens ihn drei Minuten zu spät erwischt hatte!

»Was für ein Zufall«, hatte Jens gesagt.

Doch Robert war sich ganz sicher, dass es kein Zufall war. Bestimmt hatte er dort schon gelauert und auf ihn gewartet, dachte Robert grimmig.

Gedankenverloren schob er ein Holzauto um Lottas Fuß herum.

Zufall? Moment mal. Hatte dieser unheimliche Mann nicht auch von Zufall gesprochen? *»Was für ein Zufall«*, hatte er gesagt. Genau wie Jens. Vielleicht war das Auftauchen des Mannes genauso wenig ein Zufall. Aber wenn es so war, warum?

Eines stand fest: Robert musste unbedingt noch an diesem Abend mit Josefa reden.

PRIMA AUSREDE!

Beim Abendbrot war auch Roberts Mutter böse auf ihn. »Warum kannst du nie pünktlich sein?«, fragte sie klagend und strich sich müde über die Augen.

Robert antwortete nicht. Es stimmte einfach nicht, dass er nie pünktlich war. Und außerdem – drei Minuten, was machte das schon!

Doch für Jens stand fest, dass Robert für den nächsten Tag Hausarrest verdient hatte.

»Das geht nicht«, rief Robert. »Ich – wir ...« Doch dann fiel ihm nichts mehr ein. Mutlos kaute er auf seinem Wurstbrot herum und musste die spöttischen Blicke von Jens ertragen.

Endlich war das Abendbrot vorüber und Robert war froh, dass er den Tisch abdecken konnte. Bloß raus aus diesem Zimmer!

Gerade war er mit dem Brotkorb und der Teekanne an der Tür, da hörte er Jens' Stimme. Er tat freundlich und interessiert. »Seit wann hat die Kleine von nebenan eine Geige?«

Robert erstarrte. Das musste ja kommen.

Doch Jens sprach schon wieder weiter. »Habe sie noch nie üben hören«, sagte er und grinste dabei. »Und ich will sie auch nie üben hören.«

Erschrocken hielt Robert die Luft an. Dafür würde Jens sorgen, da war sich Robert sicher. Stumm trat er auf den Flur und brachte das Brot und den Tee in die Küche. Dann lief er in das Kinderzimmer und warf sich auf sein Bett.

Alles war vorbei! Dabei hatte es doch gerade erst angefangen! Er durfte nicht zu Josefa. Und Jens würde vielleicht heute Abend noch bei ihrer Mutter klingeln und sich erkundigen, wieso Josefa plötzlich eine Geige hatte. Und Josefas Mutter würde aus allen Wolken fallen. Dann wäre alles aus und vorbei. Am Ende müssten er und Josefa noch beweisen, dass sie die Geige nicht geklaut hatten!

Immerhin. Wenigstens hatte Jens nicht gesehen, dass Robert die Geige getragen hatte. Immerhin.

Die Tür ging auf. Roberts Mutter schaute herein und rief: »Robert, mach Lotta jetzt fertig!«

Also stand Robert auf und ging ins Bad. Dort saß Lotta auf dem Töpfchen und spielte mit der kleinen gelben Ente. Waschen, kämmen, eincremen, Windel wechseln, Schlafanzug anziehen und Lied singen – das war Roberts Abendprogramm.

Andere Kinder sitzen jetzt vor dem Fernseher, dachte Robert, und ich bin der Ersatzpapa von meiner kleinen Schwester.

Doch Lotta lachte so süß mit ihren zwei kleinen Zähnen, sie patschte ihm ins Gesicht und zog an seinen Haaren, sodass Robert schnell den Fernseher und die anderen Kinder

vergaß. Er wickelte Lotta, zog ihr den blau gestreiften Schlafanzug an und brachte sie in ihr Bettchen.

Dort machte Lotta: »Lalala«, was heißen sollte: Sing mir ein Lied.

Und wie an jedem Abend sang Robert: »Weißt du, wie viel Sternlein stehen ...«, bis Lotta eingeschlafen war.

Kaum waren ihre Augen zugefallen, ertönte die Haustürklingel. Erschrocken zuckte Robert zusammen. Nur nicht wieder aufwachen, dachte er beschwörend. Und Lotta schlief weiter.

Auf dem Flur waren Stimmen zu hören.

Jens sagte: »Der hat keine Zeit und außerdem Hausarrest.«

Die Mutter sagte: »Sei doch nicht so.«

Josefa sagte: »Ich muss Ihnen unbedingt etwas zeigen!«

Schnell schlich Robert aus dem Kinderzimmer.

Tatsächlich. Auf dem Flur stand Josefa mit

dem Geigenkasten in der Hand. Jens hielt die Wohnungstür auf, als wollte er sie gleich wieder wegschicken. Aber die Mutter winkte sie ins Wohnzimmer.

»Hey«, sagte Josefa, als sie Robert erblickte. »Ich dachte mir, deine Eltern müssten es als Erste wissen.« Dabei lachte sie und trat selbstsicher ins Wohnzimmer.

Widerwillig schloss Jens die Wohnungstür und knurrte Robert zu, dass er Hausarrest habe.

Robert nickte nur und ging hinter Josefa her. Was hatte sie vor?

»Ich muss deinen Eltern doch von dem phänomenalen Geschenk erzählen, das ich von meiner Urgroßtante bekommen habe«, sagte Josefa und klopfte auf den Deckel des Geigenkastens. »Meinst du nicht auch?«

Verwirrt nickte Robert.

»Jetzt, wo ich doch Geige lernen werde, müssen die Nachbarn natürlich Bescheid wissen. Ich habe übrigens schon im Mietvertrag nachgelesen. Musizieren ist zwischen acht und dreizehn Uhr und zwischen fünfzehn und zweiundzwanzig Uhr erlaubt. – Doch keine Angst, glauben Sie nur nicht, dass meine Mutter mich noch abends um zehn üben lässt!«

Damit öffnete Josefa den Geigenkasten und holte die Geige heraus. Robert blieb der Mund offen vor Staunen.

Auch Jens, der noch im Flur stand und durch die offene Tür hereinschaute, war baff. Jedenfalls war kein Protest von ihm zu hören. Kein: »Das gibt es hier nicht!« Und auch kein: »Das kommt nicht infrage!«

Roberts Mutter schaute auf die Geige und seufzte. »Hast du es gut, Mädel«, murmelte sie. Und dann: »Darf ich mal anfassen?«

Sanft strich sie mit den Fingern über die Saiten, ein kurzer trockener Klang ertönte. Dann ließ sie ihre Hand wieder herabfallen, leer und schwer.

Robert musste schlucken. Wie traurig seine Mutter klang. Und wie sehnsüchtig.

»Na ja«, sagte Josefa und schielte kurz zu Robert. »Ich muss jetzt wieder. Spielen kann ich ja noch nicht, sonst würde ich Ihnen ein Ständchen bringen.«

»Verschone uns bloß«, knurrte da Jens und machte die Tür auf. Mit schweren Schritten stapfte er über den Flur und zur Tür hinaus.

Jetzt geht er wieder trinken, dachte Robert. Er war erleichtert und zugleich bedrückt. Jedenfalls konnte er jetzt in Ruhe mit Josefa reden.

»Mama«, sagte er leise, »darf ich ganz kurz mit zu Josefa rüber? Lotta schläft schon.«

»Geht nur«, nickte sie, »geht nur, aber nur kurz.«

»Prima Ausrede!«, flüsterte Robert, als sie in Josefas Zimmer auf dem Teppich hockten.

»Ja, find ich auch. Das war echt klasse«, lobte sich Josefa selbst. »Den Ärger und die vielen Fragen wollte ich vermeiden.«

»Genau. Ich hab auch schon befürchtet, dass er deine Mutter darüber ausquetschen wird«, meinte Robert. »Hast du ihr denn das Gleiche gesagt?«

Josefa schaute ihn groß an.

»Nö«, sagte sie dann ruhig. »Ich hab doch gar keine Urgroßtante. Meiner Mutter habe ich natürlich die Wahrheit gesagt.«

EINGEWEIHTE MÜTTER

Eine Weile sagte niemand etwas. Doch dann stand Robert plötzlich auf, öffnete den Geigenkasten und holte die Geige heraus.

»Ist doch erst halb acht«, sagte er und klemmte sich die Geige unter das Kinn, wie er es am Nachmittag gelernt hatte.

Und dann probierte er alles aus, was Fräulein Stockhausen ihm gezeigt hatte. Wie er den Bogen spannen musste. Wie die linke Hand auf dem Griffbrett lag. Wie die rechte Hand locker und leicht den Bogen über die Saiten führte. Wie die Finger der linken Hand einzelne Saiten niederdrückten. Sogar eine kleine Melodie entstand, wenn auch etwas kratzig und zittrig.

»Toll«, staunte Josefa. »Und das alles hast du in einer Stunde gelernt!«

»Überhaupt – da fällt mir was ein«, sagte Robert und ließ die Geige sinken. »Wann sind wir eigentlich losgegangen heute?«

Beide dachten nach und einigten sich dann auf drei Uhr am Nachmittag. Spätestens um halb vier waren sie in der Brahmsgasse angekommen. Und um drei Minuten nach sechs waren sie wieder zu Hause gewesen, wo Jens sie dann erwischte hatte.

»Das macht doch mindestens eine Doppelstunde«, überlegte Robert nachdenklich. »Ich habe überhaupt nicht gemerkt, dass wir so lange dort waren. Außerdem dachte ich, man hat immer eine Schulstunde lang und dann kommt der nächste Schüler.«

»Vielleicht hat sie ja keine anderen Schüler«, gab Josefa zu bedenken.

Doch auch diese Möglichkeit war seltsam. Geigenlehrer hatten doch nicht nur einen Schüler!

Schließlich murmelte Josefa kleinlaut: »Und wenn sie gar keine Geigenlehrerin ist?«

»Was denn dann?«, fragte Robert. »Schließlich haben wir doch gemerkt, dass sie Erfahrung hat mit Geigenunterricht, oder?«

Doch insgeheim fand er, dass die Sache immer merkwürdiger wurde. Wäre diese Geschichte ein Märchen, dann wäre Fräulein Stockhausen keine Geigenlehrerin, sondern eine Hexe, ganz klar. Und ein Zauberer hätte ihm die Geige geschenkt. Weil er so einen schlimmen Stiefvater hatte und seine Mutter immer traurig und müde war.

Doch dies war kein Märchen. Es war Wirklichkeit und er selbst stand gerade in Josefas Zimmer, obwohl er Hausarrest hatte. Er hielt eine Geige in der Hand, die er am Vorabend von einer überaus rätselhaften Person geschenkt bekommen hatte.

Die Tür ging auf und Josefas Mutter steckte den Kopf herein. »Hallo, Robert«, sagte sie freundlich. »Man hört ja geheimnisvolle Dinge über dich. Das ist also die Geige?«

Sie trat ins Zimmer und ließ sich das Instrument zeigen. Dann verlangte Josefa, dass Robert alles noch einmal vormachte. Ihre Mutter setzte sich auf das Bett und schaute zu. Dann besah sie sich den Geigenkasten. Robert merkte genau, dass Josefas Mutter besonders lange das Schild im Deckel studierte.

»Tolle Sache«, meinte sie anerkennend. »Umsonst Unterricht, wo gibt es denn so etwas.«

»Und das auch noch jeden Tag!«, ergänzte Josefa stolz.

Da fiel es Robert wieder ein. Er hatte ja Hausarrest! Wie sollte er morgen zur Geigenstunde gehen? »Oh nein«, ächzte er und ließ sich auf den Teppich sinken. »Ich kann nicht. Du weißt schon …«

Josefa starrte ihn kurz an, dann sagte sie leise: »Das kriegen wir schon, keine Bange. Und wenn der sich auf den Kopf stellt, du musst morgen da hin!«

Robert wickelte die Geige sorgsam ins Seidentuch und entspannte den Bogen. Dann schob er Josefa den Geigenkasten hin und sprang auf.

»Ich muss rüber«, keuchte er, »sonst geht gar nichts mehr. Bis morgen früh!«

Schon war er auf dem Flur und klopfte leise bei sich an der Tür. Als seine Mutter ihm aufmachte, huschte er in die Wohnung und flüsterte ängstlich: »Ist er schon da?«

Die Mutter schüttelte den Kopf.

Erleichtert atmete er auf und ging in die Küche. Ein Schluck Wasser war es jetzt, was er brauchte.

Die Mutter folgte ihm, lehnte sich in die Tür und sagte leise: »Ich hab sie gehört.«

»Wen?«

»Die Geige«, sagte die Mutter und lächelte. »Und Lotta hat sie auch gehört.«

»Was?«, fragte Robert erschrocken. »Sie ist aufgewacht?«

Die Mutter nickte und lächelte noch mehr. »Ich habe sie hochgenommen und bin mit ihr auf den Flur geschlichen. Da hat sie erst zugehört und ist noch auf meinem Arm wieder eingeschlafen. Ist das nicht wunderbar?«

Die Mutter strahlte ihn an.

Auch Robert musste lächeln. Konnte das wahr sein? Lotta, die nur einschlief, wenn Robert ihr vorsang? Die schrie und kreischte, wenn er nicht da war? Sie war von den kratzigen Klängen der Geige eingeschlafen?

»Das ist ja …«, stotterte Robert. »Das ist ja toll, Mama!« Sofort biss er sich auf die Zunge. Wie lange hatte er nicht mehr Mama gesagt?

Doch seine Mutter strahlte ihn an und legte sogar eine Hand auf seine Schulter, sodass er am liebsten die Arme um sie geschlungen hätte. Ganz lange und ganz fest.

Und plötzlich fing er an zu reden. Ohne Pause erzählte er die ganze Geschichte von Anfang an bis zum Ende. Und seine Erzählung endete mit der Frage: »Kann ich morgen wieder hingehen? Bitte, Mama, ich muss unbedingt wieder hingehen. Sonst denkt sie am Schluss, ich will nicht mehr. Und dann nimmt sie mir die Geige wieder weg.«

Die Stille, die nun eintrat, war lang.

Die Mutter sah Robert überrascht und zugleich ängstlich an. Sprachlos schien sie und ratlos.

Robert schwieg und hoffte, dass seine Mutter endlich einmal zu ihm halten würde. Doch dann, noch während beide schwiegen, wurde die Tür geöffnet und die schweren, polternden Schritte von Jens waren auf dem Flur zu hören.

Robert zuckte zusammen.

»Kein Wort zu ihm«, sagte er beschwörend zu seiner Mutter und huschte ins Bad. Aus den Augenwinkeln sah er gerade noch, wie Jens vergeblich versuchte seine Jacke an den Haken zu hängen. Schließlich warf er sie wütend auf den Boden.

NOCH MEHR ZUFÄLLE?

Doch am nächsten Tag sah es nicht so aus, als ob Robert heimlich zur Geigenstunde gehen könnte. Nach der Schule stand Jens in der Haustür und erwartete ihn schon. Nach dem Mittagessen schickte er ihn ins Kinderzimmer, wo er Lotta in den Mittagsschlaf singen und anschließend Hausaufgaben machen musste.

Später verlangte Jens, dass Robert mit Lotta auf den Spielplatz ging.

»Und denk bloß nicht, du kannst die Kleine von nebenan treffen«, sagte Jens drohend, »ich komm zwischendurch vorbei und schau nach.«

Robert glaubte ihm jedes Wort. Wütend zerrte er an seiner Jacke. »Ich denk, ich hab Hausarrest. Da darf man doch nicht raus«, murmelte er störrisch.

Zum Glück hatte Jens ihn nicht mehr gehört, sonst gäbe es bestimmt noch ein paar Tage länger Hausarrest.

Seufzend zog Robert Lotta die Spielhose und den Anorak über. Dabei dachte er darüber nach, was er und Josefa nun tun sollten. Es gab nur eine Möglichkeit: Josefa musste allein zu Fräulein Stockhausen gehen und ihn entschuldigen. Wie immer, wenn Robert mit Lotta zum Spielplatz musste, klingelte er zweimal lang und dreimal kurz und wartete unten neben dem Kellereingang. Lotta hielt er auf dem Arm, da war sie ruhig.

Schon ging oben die Haustür auf und hüpfende Schritte waren auf der Treppe zu hören.

»Hey«, sagte Josefa erfreut und sprang die restlichen vier Stufen hinunter. »Ich hab seit dem Mittagessen gewartet, dass du dich meldest. Wie sieht es aus?«

»Schlecht«, sagte Robert finster. »Du musst heute allein hingehen.«

»Spinnst du?«, rief Josefa. »Was soll sie denn mit *mir* anfangen?«

Robert erklärte Josefa, dass sie Fräulein Stockhausen alles erzählen könne und ihr ausrichten solle, dass er morgen bestimmt wieder Zeit habe zu kommen. »Und vergiss nicht ihr zu sagen, dass ich geübt habe!«, fügte er hinzu und wurde etwas rot dabei.

Stumm hörte Josefa zu.

Schließlich sagte sie: »Die Geige kann dann ja gleich oben bleiben, oder?«

Traurig nickte Robert. So gern hätte er wieder gespielt und vielleicht schon ein paar Töne und Noten gelernt.

Lotta fing an zu zappeln. Schnell setzte Robert sie in den Buggy und winkte Josefa zu.

»Vielleicht kommst du kurz zu mir heute Abend? Warte, bis Jens in die Kneipe geht, dann ist die Luft rein«, flüsterte er, dann schob er den Buggy nach draußen.

Die Sonne schien und in der Luft lag etwas, das sich wie Frühling anfühlte. Die Vögel zwitscherten aufgeregt. Und an einigen Büschen schien es, als würden die ersten grünen Blätter sprießen. Doch der Wind war noch kalt. Vorsichtshalber zog Robert Lotta die rote Mütze tiefer über die Ohren.

Seltsam, mit der Mütze hatte irgendwie alles angefangen. Das war erst vorgestern gewesen. Robert staunte. Ihm kam es vor, als wäre es schon viel länger her, dass er Lottas Mütze suchen musste. Und dann war da diese geheimnisvolle Gestalt gewesen mit dem schwarzen Kasten. Als hätte sie auf ihn, auf Robert, gewartet. War das möglich?

Während Robert den Buggy vor sich herschob und das Gesicht in der Sonne wärmte, überlegte er, wer die Gestalt wohl gewesen sein könnte. Ob das Fräulein Stockhausen selbst gewesen war?

Das konnte er nicht glauben. Warum sollte sie sich so seltsam kleiden? Ein großer Hut mit breiter Krempe, ein langer Mantel – man hatte die Person gar nicht erkennen können.

Außerdem hätte sie doch offen sagen können: »Hier, Robert, du wolltest doch schon immer Musik machen, hier hast du eine Geige. Komm zu mir zum Unterricht, es ist alles umsonst.«

Nein, so war es nicht gewesen. Woher hätte sie auch wissen sollen, dass er Musik liebte?

Aber wer war es dann?

Ohne es zu bemerken, war Robert schon am Spielplatz angekommen. Hier im Sand hatte die rote Mütze gelegen. Robert sah sich um. Doch nichts Verdächtiges war zu sehen. Also ließ er Lotta im Sandkasten krabbeln und hob sie dann auf die Babyschaukel.

»Lala!«, verlangte Lotta und klatschte in die Hände. »Lala!«

Also sang Robert ihr etwas vor. Leise, dass niemand ihn hören konnte. Doch sie waren ohnehin allein.

Fast war alles so wie vorgestern, nur dass jetzt die Sonne schien und Robert beim Singen irgendwie bessere Laune hatte als gestern.

Kein Wunder. Da hatte er ja auch noch nicht die Geige.

Ach, seufzte er und hielt in Gedanken die Geige ans Kinn, strich sanft mit dem Bogen über die Saiten und eine wunderbare Melodie erklang. Fast so schön wie die, die er vor dem Haus von Fräulein Stockhausen gehört hatte.

Wenn ich viel übe, dachte er, dann werde ich schnell lernen und dann werde ich …

Doch plötzlich wurde er in seinen Gedanken unterbrochen. Zwei Männer schlenderten auf den Spielplatz und setzten sich dann auf eine Bank.

Robert sah sich um. Seltsam. Hierher kamen sonst nur Mütter oder Väter mit Kindern. Die beiden Männer jedoch hatten keine Kinder dabei. Sie beugten sich vor, rauchten und waren in ein Gespräch vertieft.

Erwachsene auf diesem Spielplatz ohne Kinder, das kam nie vor. Das war irgendwie seltsam, fand Robert.

Auf einmal durchfuhr ihn ein Schreck.

Wenn das nun Kinderklauer waren? In letzter Zeit redeten die Erwachsenen so oft davon, doch niemand hatte ihm bisher erklärt, was das für Leute waren. Klauten die Kinder, um sie zu verkaufen? Und die mussten dann bei anderen Leuten arbeiten, putzen, einkaufen und auf Babys aufpassen?

Dann brauche ich ja eigentlich keine Angst haben, dachte Robert erstaunt, denn das tue ich ja sowieso schon jeden Tag. Und eine neue Familie, das wäre manchmal gar nicht so schlecht.

Unauffällig schaute Robert sich die beiden Männer genauer an.

Und dann durchzuckte es ihn ein zweites Mal wie ein Blitz.

Du heiliger Strohsack, konnte das sein? Der mit dem offenen Mantel und dem blassen Gesicht, war das nicht der Mann von gestern, der eine Geigenlehrerin suchte?

EIN SCHRECKLICHER VERDACHT

Lotta jedoch schien nichts von Roberts Panik bemerkt zu haben. Sie buddelte mit ihrer kleinen Schaufel im Sand und machte fröhlich »Lala« vor sich hin. Robert tat so, als ob er mit Lotta graben würde. Doch seine ganze Aufmerksamkeit richtete sich auf die beiden Männer hinter ihm.

»Was für ein Zufall«, hatte der Blasse gestern gesagt und so komisch gegrinst.

Irgendetwas an ihm fand Robert unheimlich, aber er wusste nicht, was es war.

Ob das noch ein Zufall war? Oder ob der Mann jetzt dasaß, weil er Robert gesucht hatte?

Schnell riskierte Robert einen Blick zur Bank. Die beiden waren noch immer vertieft in ihr Gespräch. Inzwischen jedoch wurden ihre Stimmen lauter.

»Ohne mich!«, rief der andere gerade und wollte aufstehen.

Doch der Blasse drückte ihn wieder auf die Bank und redete auf ihn ein. Auf Robert achtete keiner von beiden.

Zu gern hätte Robert gewusst, worüber die beiden sprachen. Unauffällig stellte er Lottas Eimerchen ein Stückchen weiter in Richtung Bank. Und tatsächlich, Lotta robbte hinterher, um den Sand hineinzuschaufeln. Das wiederholte Robert ein paar Mal, bis er nur noch wenige Meter entfernt von den Männern saß und ihre Stimmen deutlich zu hören waren.

Doch leider stockte das Gespräch gerade.

»Hm«, machte der eine.

Dann schwiegen sie.

»Denk drüber nach«, sagte dann der andere.

Dann war wieder Pause.

»Glaub ich nicht«, begann der eine nach einer Weile wieder.

Der Blasse antwortete: »Ich sag es dir, weil

ich es aus sicherer Quelle gehört habe. Wenn wir sie verkaufen, haben wir ausgesorgt.«

Wenn wir sie verkaufen! Robert stockte der Atem. Das waren also doch Kinderklauer, ganz klar!

In diesem Moment kreischte Lotta und warf übermütig eine Hand voll Sand in die Luft.

Beide Männer schauten hoch und Robert direkt ins Gesicht.

Starr vor Angst schaute Robert zurück. Langsam, ganz langsam stand er auf, nahm Lotta auf den Arm und griff nach dem Eimerchen.

»Hallo, Moment«, sagte da der Blasse mit dem offenen Mantel. »Dich kenn ich doch?«

Robert schnappte das Eimerchen, die Schaufel klapperte darin.

Er hat mich erkannt!, dachte er.

»Haben wir uns nicht gestern getroffen?«, sagte der Blasse und machte einen Schritt auf Robert zu. »Wo hast du denn deine Geige gelassen? Du hast doch eine, oder?«

Plötzlich war seine Stimme ganz sanft geworden. Aber sie klang falsch und irgendwie widerlich.

Robert fing an zu rennen. Ohne zu antworten, rannte er über den Sandplatz zum Buggy. Lotta wollte nicht hinein und fing an zu kreischen. Doch Robert setzte sie so energisch in den Buggy, dass sie überrascht mitten im Schreien innehielt und den Daumen in den Mund steckte.

»Du hast deine Geige doch nicht etwa irgendwo liegen lassen wie diese rote Mütze hier, oder?«, rief der Mann ihm nach.

Der andere fing an hämisch zu lachen.

Verdammt! Die Mütze!

Kurz sah Robert zurück. Der Mann stand im Sand und zeigte auf Lottas Mütze, die neben seinen Füßen lag.

»Nur nicht reagieren!«, flüsterte Robert sich zu. »Schnell weiter!« Hastig schob er den Buggy vom Spielplatz auf den Gehweg. Dann lief er bis zur nächsten Ecke. Erst als er bei

den Geschäften angelangt war, wurde er langsamer. Dann schaute er sich vorsichtig um.

Niemand folgte ihm.

Irgendwie verstand er nun gar nichts mehr. Wovon hatten die beiden Männer gesprochen? *Wenn wir sie verkaufen.* Wen denn verkaufen? Die geklauten Kinder? *Ich weiß es aus sicherer Quelle.* Was denn für eine Quelle? Und warum fragte er nach Roberts Geige?

Verwirrt ging Robert weiter und versuchte Ordnung in seine Gedanken zu bringen. Da – plötzlich! Er traute seinen Augen nicht. Ein paar Meter vor ihm ging Josefa. Und was trug sie in der Hand? Einen Geigenkasten! Hatte sie die Geige doch heimlich mitgenommen?

Vielleicht hatte sie sogar anstelle von Robert die Geigenstunde bekommen. War Josefa nun Fräulein Stockhausens neue Schülerin, nicht mehr er?

Wieder schoss ihm das Blut in den Kopf und er fühlte sich beklommen. Stumm sah er dem Mädchen nach.

Doch auch Lotta hatte Josefa erkannt. »Dada!«, kreischte sie. »Dada!«

Mit den Händchen griff sie in die Luft, als könne sie Josefa erreichen und festhalten.

Josefa blieb stehen und drehte sich um. »Was für ein Zufall!«, rief sie erfreut. »Können wir irgendwo reden?«

»Im Keller«, murmelte Robert düster und machte sich darauf gefasst, dass es aus war mit seiner Geige.

NOCH EINE GEIGE!

»Mensch, Robert, bin ich froh, dass wir uns getroffen haben«, stöhnte Josefa und hockte sich auf eine Mülltonne. Die Geige hatte sie vorsichtig auf den Absatz der Kellertreppe gelegt.

Robert hätte das Gleiche sagen können. Auch er war froh, dass er mit Josefa reden konnte über die seltsame Begegnung auf dem Spielplatz.

Doch irgendwie schnürte ihm dieser schreckliche Verdacht die Kehle zu. So kam nur ein Krächzen heraus, das »Ich auch« bedeuten sollte.

Doch Josefa achtete gar nicht auf Roberts heisere Stimme. »Stell dir vor«, rief sie aufgeregt, »das war ja alles so komisch heute!«

»Kann man wohl sagen«, murmelte Robert

und räusperte sich umständlich. »Warum hast du denn die Geige mitgenommen?«

Nun war es raus. Nun musste sie es sagen. Robert spürte, wie seine Knie anfingen zu zittern. Erst die Kniescheiben, dann das ganze Bein.

»Hab ich ja nicht«, sagte Josefa leichthin. »Das ist es ja gerade!«

Nun hat sie auch eine Geige geschenkt bekommen, dachte Robert und fühlte, wie er erleichtert und zugleich enttäuscht war. Jetzt hat sie eine eigene. Bald wird sie alles besser können als ich und es ist gar nichts Besonderes mehr, dass ich eine Geige inklusive Unterricht gekriegt habe.

Doch Josefa ließ ihm keine Zeit zum Jammern.

»Stell dir vor«, begann sie und ihre Stimme kippte fast vor Aufregung, »Fräulein Stockhausen benahm sich ganz komisch. Sie lief immer hin und her und schaute aus dem Fenster. Als ich kam, war die Tür dreimal abgeschlossen. Und als ich wegging, hat sie hinter mir die Tür wieder dreimal abgeschlossen.«

Schnell holte Josefa Luft und berichtete dann, dass sie schöne Grüße von Robert bestellt und alles erklärt habe. Aber Fräulein Stockhausen hatte sich gar nicht richtig dafür interessiert. Ständig war sie im Zimmer auf und ab gegangen. Und schließlich hatte sie gefragt, ob Robert denn morgen komme, ganz bestimmt, und ob Josefa mitkomme, ganz bestimmt. Und um welche Uhrzeit das denn sei. Und ob sie zu Hause eine Haustür zum Abschließen hätten. Und ob sie im Erdgeschoss oder höher wohnen würden. Und das sei ja toll, im dritten Stockwerk.

»Und dann«, fuhr Josefa fort, »ging sie an den großen Schrank in ihrem Musikzimmer, schloss ihn auf und holte einen Geigenkasten heraus. Sie sagte, dass ich den mitnehmen und zu Hause gut verstecken soll. Und morgen sollen wir wieder ohne Geige kommen. Die Stunden würden wir noch nachholen. Dreimal hat sie mich gefragt, wann wir kommen, und ich hab ›Um halb vier‹ gesagt. Vor lauter Nervosität hat sie ganz vergessen ihr niedliches ›*Nicht wahr?*‹ hinter jeden Satz zu setzen. Komisch, nicht?«

Josefa ließ ihre Füße gegen die Mülltonne baumeln, bis Lotta anfing zu jammern. Laute Geräusche mochte sie nicht.

Schnell suchte Robert etwas, mit dem er sie ablenken konnte. Unter der Treppe fand er einen platten Ball, den Lotta begeistert hin und her rollte.

So seltsam Josefas Geschichte auch war, Robert war froh, dass sie die Geige nicht geschenkt bekommen hatte. Jedenfalls war davon nicht die Rede gewesen.

Nun begann er von seinem Nachmittag zu erzählen, von dem blassen Mann, den sie am Vortag getroffen hatten.

»Der hat mich sogar erkannt und hat nach meiner Geige gefragt!«, sagte Robert aufgeregt. »Und dann haben sie davon geredet, dass sie Lotta verkaufen wollen. ›*Wenn wir sie verkaufen, haben wir ausgesorgt*‹, hat er gesagt.«

»Pah«, sagte Josefa beruhigend. »Die haben bestimmt von Autos geredet. Männer reden immer von Autos.«

»Aber er hat gesagt: ›Wenn wir *sie* verkaufen …‹«, gab Robert zu bedenken. »Seit wann ist ein Auto eine *Sie*?«

Einen Moment dachte Josefa nach, dann sagte sie siegessicher: »Ganz klar, der meinte mehrere Autos. *Sie, die* Autos, logo!«

Das leuchtete Robert ein. Erleichtert griff er nach dem Geigenkasten.

»Wollen wir die Geige hochbringen und mal anschauen?«, fragte er zaghaft. Er hatte so große Lust, ein wenig zu üben. Nicht dass er bis morgen alles vergessen hatte!

Also gingen sie zu Josefa und nahmen Lotta mit. An Roberts Hausarrest dachte keiner von beiden mehr.

Doch das sollte sich sofort ändern.

Von oben waren Schritte zu hören. Dann waren Beine zu sehen, die Robert gut kannte, und schließlich stand Jens vor ihnen. Seine Augen funkelten wütend und sein Lächeln war unfreundlich.

»Wen haben wir denn da?«, fragte er mit gespielter Sanftheit. »Gerade wollte ich nachsehen, ob du mit Lotta schön im Sand buddelst. Hab ich dir nicht verboten, dich mit der Kleinen von nebenan zu treffen?«

»Verzeihung«, sagte Josefa mit fester Stimme. »Wir haben uns gerade im Hausflur getroffen. Ich wohne nämlich zufällig hier. Da benutze ich hin und wieder diese Treppen. Fliegen kann ich nämlich noch nicht. Aber ich arbeite dran.«

Darauf wusste Jens nichts zu antworten. Also beachtete er sie nicht weiter, warf nur einen Blick auf die Geige und sagte höhnisch: »Schon wieder zur Geigenstunde?«

Dann wandte er sich Robert zu. »Ab nach oben ins Zimmer. Keinen Mucks. Deine Mutter schläft. Bin gleich zurück, dann hat Lotta gegessen und sitzt in der Badewanne, verstanden?«

Gehorsam nickte Robert und schlich weiter nach oben. Ein Glück, dass er nicht bemerkt hatte, dass die Mütze schon wieder weg war, sonst hätte es noch richtig Ärger gegeben.

Auch Josefa stieg die Treppen hoch. Oben blieben sie stehen und horchten, bis Jens die Haustür unten zuwarf und nicht mehr zu hören war. Dann gingen sie schnell in Josefas Wohnung.

WAS IST EINE SICHERE QUELLE?

»Bestimmt geht er jetzt in die Kneipe«, sagte Robert ruhig. »Da haben wir also Zeit. Los, mach mal auf.«

Josefa stellte den Geigenkasten auf ihr Bett und trat einen Schritt zurück. Robert setzte Lotta auf den Fußboden und ließ die Verschlüsse aufspringen.

»Oha«, entfuhr es Josefa. »Die ist ja noch schöner als deine!«

Auch Robert hielt den Atem an. Die Geige schimmerte rötlich und lag eingebettet in dunkelgrünen Samt. Um sie war ein rotes Seidentuch geschlungen, das mit goldenen Fäden durchwirkt war.

»Wirklich schön«, sagte er. »Aber diese Geige haben wir doch schon mal gesehen ... Ja, klar! Das ist die Geige von Fräulein

Stockhausen. Sie hat gestern darauf gespielt.«

Beide schwiegen und schauten das Instrument an.

Seltsam, dass so ein kleines Stückchen Holz so schöne Töne hervorbringen kann, dachte Robert. Dann machte er den Deckel wieder zu und nahm Lotta auf den Arm.

»Auf dieser Geige traue ich mich nicht zu spielen. Die ist bestimmt wertvoll«, murmelte er. »Außerdem muss ich wohl doch rüber und Lotta fertig machen. Aber nachher muss ich noch mal zum Spielplatz, um die Mütze zu holen. Kommst du mit?«

»Klar.« Josefa nickte. Sie war enttäuscht, dass Robert nicht auf der Geige spielen wollte. Doch sie sagte nichts.

Leise öffnete Robert die Wohnungstür und schlich auf den Flur. Die Tür zum Schlafzimmer der Eltern war angelehnt. Besorgt schaute Robert hinein. Die Mutter lag angezogen auf dem Bett. Sogar die Schuhe hatte sie noch an. Robert warf ihr die kleine Wolldecke über, dann ging er hinaus und zog die Tür zu. Wenn seine Mutter müde war, sollte sie in Ruhe und ohne zu frieren schlafen.

In der Küche setzte Robert seine kleine Schwester in den Kinderstuhl und kochte ihren Grießbrei. Dann schnitt er eine Banane und ein paar Apfelstückchen hinein und begann sie zu füttern.

Dabei dachte er unablässig über Josefas Geschichte nach.

Merkwürdig. Warum hatte Fräulein Stockhausen Josefa ihre eigene Geige mitgegeben? Was für einen Sinn machte das? Hatte sie gesagt, wann sie das Instrument zurückhaben wollte? Warum sollten sie morgen ohne Geige kommen, und zwar beide? Warum war es gut, dass sie im dritten Stock wohnten?

Soviel er auch nachdachte, Robert konnte sich keinen Reim auf das Ganze machen. Da half nur abwarten bis morgen. Vielleicht war

Josefa inzwischen eine Erklärung eingefallen.

Als Jens heimkam, war Lotta schon gebadet und lag in ihrem Bettchen. Robert sang ihr gerade das Lied von den Sternen vor, da riss Jens die Tür auf.

»Gesungen wird hier nicht«, sagte er barsch. Er roch nach Rauch und Bier.

Robert unterbrach sein Lied und sah Jens fest in die Augen. »Du weißt genau, dass Lotta nur einschläft, wenn man ihr was vorsingt«, sagte er bestimmt. »Wenn sie schreit, ist das viel lauter als mein Lied.«

Dann drehte er sich Lotta zu und sang weiter.

Jens brummte irgendwas und knallte die Tür zu. Dann ging sie wieder auf.

»Morgen hast du auch Hausarrest, vergiss das nicht!«, rief Jens und lachte sein hämisches Lachen.

»Das darf doch nicht wahr sein«, stöhnte Robert und legte den Kopf auf Lottas Gitterbettchen. Schon stiegen ihm die Tränen in die Augen. Hausarrest! Fräulein Stockhausen wartete doch auf ihn! Das ging auf keinen Fall!

Eine Sekunde lang sah er sich mit Lotta auf dem Arm eine Straße hinuntergehen, fort von dem betrunkenen Jens und der schlafenden Mutter. Doch nur eine Sekunde lang. Dann fing er wieder an zu singen.

Eine halbe Stunde später klingelte Robert bei Josefa. Zweimal lang und dreimal kurz. Dann lief er zur Kellertür.

Als Josefa kam, sagte er nur: »Los, lass uns schnell die Mütze suchen. Jens kriegt einen Anfall, wenn ich nicht gleich wieder da bin.«

Stumm lief er voraus. Josefa folgte ihm in einem kurzen Abstand. Hinter der Ecke wartete Robert auf sie und sie setzten ihren Weg gemeinsam fort.

»Hattest du den Eindruck, dass Fräulein Stockhausen in Not ist?«, fragte Robert nach einer Weile.

Josefa nickte mit Nachdruck. »Ja, irgendwie schon«, sagte sie. »Aber wenn was Schlimmes wäre, würde sie doch die Polizei rufen, oder?«

Josefas Stimme klang ängstlich, fand Robert. Und nun spürte auch er, dass er Angst hatte. Angst und ein undeutliches Gefühl von Gefahr. Aber was war das für eine Gefahr? Und wer war in Gefahr? Fräulein Stockhausen? Er und Josefa? Lotta?

Schnell liefen sie zum Spielplatz.

Wenn wir sie verkaufen, haben wir ausgesorgt. Dieser Satz war auf einmal wieder da und drehte in Roberts Kopf seine Runden. *Ich habe es aus sicherer Quelle gehört.* Quelle. Wasserquelle. Goldquelle. Nein, Goldgrube. Geldquelle. Was für Quellen gibt es noch?

»Weißt du, was das heißt?«, fragte Robert und hob die rote Mütze auf, die noch immer im Sand lag. »Der Blasse sagte: ›*Ich habe es aus sicherer Quelle gehört.*‹«

Josefa sah ihn überrascht an. »Das kenn ich aus Filmen«, antwortete sie dann langsam.

»Es bedeutet, dass jemand von jemandem etwas erzählt bekommen hat. Und das stimmt hundertprozentig, weil der, der es erzählt hat, es ganz sicher weiß.«

»Was?«, fragte Robert lahm.

»Was auch immer«, sagte Josefa ungeduldig. »Das, was er dem Kumpel erzählt.«

»Kumpel?«, fragte Robert. »Welcher Kumpel?«

In Gedanken sah er die beiden Männer auf der Bank sitzen. Bevor Josefa genervt mit den Augen rollen konnte, sprach er schon weiter: »Der Kumpel von dem mit dem blassen Gesicht hat eine Lederjacke.«

DER TRICK MIT DEM BUGGY

Am nächsten Tag konnten Robert und Josefa es kaum erwarten, dass die Schule zu Ende war. Am Mittag stürmten sie nach Hause, schlangen das Mittagessen hinunter und erledigten schnell die Hausaufgaben. Endlich war es drei Uhr. Endlich war es so weit.

Schnell zog Robert seine kleine Schwester an. Denn Jens hatte ihm befohlen mit ihr auf den Spielplatz zu gehen. Dann konnte er auch gleich weiter zur Brahmsgasse 123 laufen, fand Robert und war zufrieden, dass sich das Problem mit dem Hausarrest so klären ließ.

»Denk ja nicht, du kannst die Kleine von nebenan mit ihrer dämlichen Geige treffen«, drohte Jens und kündigte an am Nachmittag auf dem Spielplatz vorbeizuschauen.

Doch Robert hatte keine Angst mehr vor

Jens' Kontrollbesuchen. Er kam ja sowieso nie so weit, denn es lagen mindestens fünf Kneipen auf dem Weg dorthin.

»Hey, das ist ja klasse«, flüsterte Josefa, als sie hinter der Ecke zu Robert stieß. Sie deutete auf den Buggy. »Ich meine, das ist eine tolle Tarnung, meinst du nicht?«

»Was gibt es denn zu tarnen?«, wollte Robert wissen.

Josefa sah ihn mitleidig an. »Wir tarnen, dass wir zur Geigenstunde gehen, oder etwa nicht?«

Robert dachte nach. Ja, zweifellos. Doch irgendwie verstand er immer noch nicht, worum es eigentlich ging.

Schweigend schoben die beiden den Buggy mit Lotta durch die Straßen. Hin und wieder drehten sie sich um, als wollten sie sich überzeugen, dass niemand ihnen folgte. Kein Jens zu sehen. Auch sonst niemand Verdächtiges. Endlich kamen sie in das Musikerviertel und bogen in die Mozartstraße ein.

»Komisch eigentlich, dass die Brahmsgasse so klein ist und gar kein Straßenschild hat«, meinte Robert nachdenklich. »Steht Fräulein Stockhausen eigentlich in den Gelben Seiten?«

Das wusste auch Josefa nicht. Im Telefonbuch hatten sie ja schon am Abend, als Robert die Geige geschenkt bekommen hatte, vergeblich nachgesehen.

»Hauptsache ist, wir wissen, wo Fräulein Stockhausen wohnt, nicht wahr?«, sagte sie munter und übernahm den Buggy mit Lotta, die inzwischen eingeschlafen war.

Robert schaute sich um. Hier, an dieser Ecke, hatte der Mann mit dem offenen Mantel und dem blassen Gesicht gestanden und sie nach einer Geigenlehrerin gefragt. Seltsam. Warum nicht Lehrer? Suchte er speziell eine Lehrerin? Vielleicht speziell Fräulein Stockhausen? Und wenn, wollte er etwa Geige lernen?

Irgendwie sah er nicht so aus. Warum

wollte er dann zu ihr? Und hatte Fräulein Stockhausen etwas mit der sicheren Quelle zu tun?

Gerade wollte Robert Josefa fragen, ob Fräulein Stockhausen vielleicht auch erwachsene Schüler haben könnte, da erblickte er weiter hinten in der Mozartstraße zwei Gestalten, die rasch näher kamen. Die eine trug einen wehenden Mantel, die andere eine Lederjacke.

Robert stöhnte vor Schreck auf. »Da kommen sie«, flüsterte er heiser. »Los, schnell weg hier!«

»Wer?«, fragte Josefa gedehnt und schaute sich um.

Doch Robert zerrte sie weiter und dann begann er schneller zu gehen. Eilig bogen sie in die Brahmsgasse ein und rannten schließlich, bis sie vor dem kleinen Häuschen standen. Zum Glück schlief Lotta noch.

Zitternd drückte Robert auf den Klingelknopf neben der Tür. Verwirrt bemerkte er, dass das verschnörkelte Schild *Brahmsgasse 123 – Fräulein Luise Stockhausen – Geigenlehrerin*, das ihn beim ersten Besuch so verzaubert hatte, fort war.

Doch schon ging die Tür wie von Geisterhand auf und die Kinder schoben den Buggy hinein. Dann flog die Tür wieder zu und Fräulein Stockhausen, die dahinter gestanden hatte, drehte einen großen altmodischen Schlüssel dreimal im Schloss herum.

»Schön, dass ihr da seid, Kinder«, sagte sie.

Ihre Stimme klang irgendwie fremd, fand Robert.

Heiser und nervös räusperte Fräulein Stockhausen sich. Dann fiel ihr Blick auf Lotta im Buggy. »Ausgezeichnet«, murmelte sie, »ausgezeichnet. Das könnte klappen.«

Dann führte sie die beiden Kinder in das Musikzimmer. Den Buggy ließen sie auf dem Flur stehen.

Robert warf Josefa einen fragenden Blick zu. Doch die zuckte mit den Schultern.

»Tut mir Leid«, begann Robert sich zu entschuldigen.

Doch Fräulein Stockhausen unterbrach ihn mit einer kurzen Handbewegung und lief zum Fenster, um durch die vergilbten Gardinen hinauszuschauen.

»Ist euch jemand gefolgt?«, fragte sie.

Josefa und Robert schüttelten den Kopf.

»Habt ihr jemand Verdächtiges getroffen?«

Robert zögerte. Sollte er von dem Blassen mit dem offenen Mantel erzählen? Und dass er einen Kumpel hatte und eine sichere Quelle? Aber er schwieg. Wozu sollte er Fräulein Stockhausen von irgendwelchen merkwürdigen Fremden erzählen, wo es in der Stadt bestimmt tausend von der Sorte gab.

»Sehr gut, sehr gut«, flüsterte Fräulein Stockhausen. »Denn, nicht wahr, ihr habt euch sicher schon gewundert, nicht wahr? Zur Geigenstunde ohne Geige, was soll denn das, nicht wahr?«

Hier lachte sie etwas, doch Robert fand,

dass sie gar nicht fröhlich aussah. Eher sorgenvoll und irgendwie bedrückt.

»Was sollen wir tun?«, fragte er nüchtern. »Josefa meinte, es ist wichtig.«

»Oh ja, das kann man wohl sagen, nicht wahr?«, murmelte Fräulein Stockhausen und warf ihr wirres graues Haar aus dem Gesicht. »Also schaut, ihr sollt diese Geige mitnehmen. Aber gebt gut darauf Acht, versteht ihr. Und noch eins: Ihr dürft den Kasten auf keinen Fall öffnen.«

Dann schritt sie zum großen Schrank, schloss ihn umständlich auf und holte einen Geigenkasten heraus. »Hier, aber öffnet die Geige nicht! Nehmt sie mit und versteckt sie eine Weile bei euch, nicht wahr? Am besten sieht niemand, dass ihr sie habt, nicht wahr?«

Robert blieb vor Staunen der Mund offen stehen. »Das ist ja«, stammelte er, »das ist ja noch eine Geige.«

»Ja«, nickte Fräulein Stockhausen. »Das ist meine dritte Geige. Ihr habt ja gestern schon bewiesen, dass ihr eine Geige sicher fortbringen könnt. Tut ihr das für mich?«

Sie nahm den Geigenkasten, ging in den Flur, beugte sich zu Lotta und summte eine kleine Melodie. Lotta lächelte im Schlaf und drehte sich zur Seite. Fräulein Stockhausen legte den Geigenkasten neben sie, holte eine alte Wolldecke und deckte Lotta und die Geige damit zu.

»Der Trick mit dem Buggy ist gut. So könnte es gehen«, sagte sie und klopfte Josefa und Robert zum Abschied auf die Schultern. »Viel Glück!«

DIE DRITTE GEIGE IN GEFAHR

»Eine dritte Geige«, flüsterte Josefa draußen. »Wir sollen sie verstecken und nicht öffnen. Auf keinen Fall. Was bedeutet das?«

Robert schob den Buggy mit der schlafenden Lotta vorsichtig über den Gehsteig.

»Das kann nur eines bedeuten«, murmelte er nachdenklich. »Die dritte Geige ist besonders wertvoll.«

»Darf deshalb niemand sehen, dass wir sie haben?«, überlegte Josefa.

Mit einem Ruck blieb Robert stehen. »Genau«, sagte er und dabei kippte seine Stimme fast über vor Schreck. »Niemand soll sie sehen, damit sie nicht …«

»… geklaut wird«, ergänzte Josefa und hielt sich vor Entsetzen die Hand vor den Mund.

Sofort musste Robert an die beiden Männer auf dem Spielplatz denken. *Wenn wir sie verkaufen, haben wir ausgesorgt.* Na klar! Wie konnte er nur so dumm sein! Von wegen Kinderklauer! Von der Geige hatten sie gesprochen. Von der dritten Geige!

Als könnte Josefa seine Gedanken lesen, sah sie Robert mit weit aufgerissenen Augen an.

Dann drehten sich die beiden Kinder gleichzeitig um. Die Brahmsgasse war leer. Vorne brausten Autos entlang, ein paar Fußgänger gingen vorbei.

Lotta räkelte sich im Schlaf und zog dabei die Decke nach unten. Schnell wickelte Robert sie wieder fest um die Geige und schaute sich noch einmal um. Keiner da. Die beiden Kerle waren wohl nur zufällig wieder an der Ecke gewesen.

Schnell gingen Robert und Josefa die Brahmsgasse hoch bis zur Mozartstraße, bogen dort nach links und überquerten vorsichtig die Straße. An der Ecke war eine Ampel. Rot. Sie mussten warten.

»Können wir nicht ein Taxi nehmen?«, flüsterte Josefa aufgeregt.

»Hast du denn Geld dabei?«, fragte Robert leise.

Hatte sie nicht. Also weiter zu Fuß. Grün. Vorsichtig schoben sie den Buggy den Bordstein runter, über die Straße und den Bordstein hoch. Da wurde Lotta wach. Sofort fing sie an zu quengeln und wollte aus dem Buggy heraus.

»Dada!«, jammerte sie und zeigte auf die Straße.

»Gleich kannst du laufen«, sagte Robert eindringlich. »Sei still!«

Doch Lotta wurde nicht still, sie wurde wütend. Sie kreischte. Erst warf sie ihre Mütze aus dem Buggy, dann zerrte sie die fremde Decke weg.

Schwarz und geheimnisvoll glänzte der Geigenkasten in der Sonne.

»Nein!«, rief Josefa und griff nach der Decke.

Plötzlich hörten sie hinter sich ein Geräusch. Ein hässliches Geräusch. Es klang, als würde jemand Steine aufeinander klopfen. Roberts Nackenhaare sträubten sich. Er sah sich um.

Zwei Männer kamen quer über die Straße auf sie zugerannt. Ihre Schuhe klackerten laut auf dem Pflaster und jeder Schritt brachte sie näher. Der Mantel des einen wehte im Wind.

»Los!«, schrie Robert und begann zu laufen. »Die Geige ist in Gefahr!«

Josefa kreischte auf vor Schreck und rannte ebenfalls. Die kleinen Räder des Buggys drehten sich wild. Lotta schrie noch mehr und zerrte an der Decke. Die Männer waren inzwischen auf ihrer Straßenseite angelangt und kamen schnell näher.

»Woher wissen die denn, dass wir sie haben?«, keuchte Josefa einmal zwischendurch.

Doch Robert antwortete ihr nicht. Er rannte, so schnell es dieser blöde Buggy erlaubte. Da vorne mussten sie links abbiegen, am Spielplatz vorbei, dann über die Straße und rechts die zweite Nebenstraße rein.

Heiliger Bimbam, wir schaffen das nicht!, durchfuhr es Robert in Gedanken.

Sein Blick fiel auf den Geigenkasten, der zur Hälfte aus der Decke herausschaute. Lotta zerrte weiter an der Decke.

Jetzt müssen wir irgendwo Hilfe kriegen, dachte Robert. Sein Blick flog über die Straße. Wo konnten sie hingehen? Kein Geschäft weit und breit. Ein alter Mann da vorne und eine Frau mit Hund.

»Ich kann nicht mehr«, keuchte Josefa und blieb zurück.

Auch Robert wurde langsamer. »Komm«, rief er. Doch auch ihm ging die Luft aus. Verzweifelt blieb er stehen.

Hinter sich hörten sie die Stimmen der Männer.

»Ich hab's dir doch gesagt«, zischte der eine. »Jetzt haben wir sie. Moment.«

Jetzt hilft nur noch eines, dachte Robert. Dann schrie er, so laut er konnte: »Hilfe! Man will meine Schwester klauen!«

Aus den Augenwinkeln konnte er sehen, dass die Frau mit dem Hund stehen blieb. Auch der alte Mann drehte sich um.

Jetzt schrie auch Josefa.

Was für eine laute Stimme!, dachte Robert.

Dann waren auch schon die Männer bei ihnen und beugten sich über den Buggy. Nun fing Lotta an zu schreien.

Auf einmal war da noch eine Stimme! Eine andere Stimme. Eine gute Stimme. Noch nie hatte Robert sich so gefreut diese Stimme zu hören.

»Was is'n hier los?«, brüllte sie. »Lasst aber mal ganz schnell meine Tochter los, ihr Kinderklauer, aber ein bisschen plötzlich!«

Jens stand vor ihnen, knallrot vor Wut. Und seine beiden Kumpel, die ein wenig

schwankten, bauten sich hinter den beiden Männern auf.

»Papa!«, rief Robert glücklich. Sofort fiel ihm auf, dass er Jens gerade das erste Mal *Papa* genannt hatte. Aber das machte nichts. Jetzt war er sein Papa.

Er sah, wie Jens den Arm des Blassen festhielt. Seine Freunde aus der Kneipe hatten den zweiten abgedrängt und schubsten ihn über den Gehweg.

Plötzlich packte Josefa mit einer schnellen Bewegung den Geigenkasten und rannte damit los. Niemand bemerkte sie. Die Männer grölten und schrien. Robert wusste, dass Jens getrunken hatte.

Betrunken war Jens immer besonders mutig, dachte er und war zum ersten Mal froh darüber.

Auf einmal rissen sich die zwei Männer los und rannten die Straße zurück.

»Wollten die doch meine Tochter klauen, diese Verbrecher«, schimpfte Jens vor sich hin.

»Papa«, stammelte Robert, »das hast du aber gut hingekriegt!«

»Wollte eigentlich auf dem Spielplatz nach dir gucken«, murmelte er undeutlich. »Da hab ich die Kumpel getroffen. – Na, diese Schurken sollen das noch mal versuchen!« Wütend reckte er die Faust in die Luft.

Plötzlich war eine Polizeisirene zu hören. Schon bremste der Wagen neben ihnen, zwei Beamte sprangen heraus.

»Überfall auf zwei Kinder und ein Baby?«, fragte der eine.

»Ja«, rief die Frau mit dem Hund, die plötzlich neben ihnen stand und ihr Handy noch in der Hand hielt.

»In die Flucht geschlagen!«, rief Jens stolz und klopfte sich auf die Brust.

»Waren es diese zwei hier?«, fragte der eine Polizist und zeigte auf die Rückbank des Wagens.

DAS GEHEIMNIS DER DREI GEIGEN

»Ist das wirklich wahr?«, fragte Fräulein Stockhausen am nächsten Tag, als sie alle bei Josefas Mutter zum Kaffeetrinken eingeladen waren. »Die Polizisten hatten die beiden Ganoven schon im Wagen sitzen?«

Robert nickte. »Die Frau mit dem Hund hatte am Handy schon gesagt, in welche Richtung die Männer abgehauen sind. Und die Polizisten haben sie sofort geschnappt. Pech, dass sie wegen Einbruch und Raub gesucht wurden. Nun sind sie eine Weile weg vom Fenster.« Zufrieden steckte er sich ein Stück Apfelkuchen in den Mund.

Roberts Mutter blickte mit Stolz auf ihren Sohn.

Nun erhob sich Jens und schaute feierlich in die Runde. »Das haben die Gauner *mir* zu verdanken!«, brüstete er sich und schlug sich auf die Schulter. »*Ich* habe sie gestellt und in die Flucht gejagt! *Ich* habe meine Tochter gerettet!«

»Ihre Tochter?«, fragte Fräulein Stockhausen und lächelte. »Aber ja, gewiss doch«, sagte sie dann. »Sie waren wirklich außerordentlich tapfer. Schließlich waren das zwei polizeibekannte Gauner, denen Sie sich da in den Weg gestellt haben, nicht wahr?«

»Ich habe mich nicht nur in den Weg gestellt«, erklärte Jens wichtig, »ich habe sie auch *verjagt*. Sie haben meinen Bizeps gesehen und haben sich gedacht: Mit dem legen wir uns aber nicht an! Jawoll!«

»Nur«, fuhr Fräulein Stockhausen vorsichtig fort, »ich will Sie ja nicht kränken. Aber ich glaube, die Ganoven wollten gar nicht Ihre Tochter klauen.«

»Nicht?«, staunte Jens. »Nicht meine Tochter? Was denn dann?«

»Nun, nicht wahr?«, sagte Fräulein Stockhausen und lächelte wieder. »Ich denke, es ist Zeit, ein Geheimnis zu lüften.«

»Ein Geheimnis?«, brummte Jens lahm und setzte sich vor Schreck hin.

»Ein Geheimnis?«, riefen auch die Mütter von Robert und Josefa. Dabei schauten sie neugierig von einem zum anderen.

Doch die Kinder grinsten nur und warteten ab.

»Tja, nicht wahr?«, antwortete Fräulein Stockhausen. »Das Geheimnis der drei Geigen.«

»*Drei* Geigen?«, fragten die Erwachsenen wie aus einem Mund.

Die Kinder grinsten nun noch mehr und schauten Fräulein Stockhausen erwartungsvoll an.

»Wollen wir?« Fräulein Stockhausen nickte Robert und Josefa zu. »Fangen wir an!«

»Jetzt«, rief Josefa aufgeregt, »jetzt geht's los!«

Sie winkte Robert zu sich und tuschelte

kurz mit ihm. Dann standen beide auf, gingen in Josefas Zimmer und kamen mit einem Geigenkasten zurück.

»Diese Geige habe ich geschenkt bekommen«, sagte Robert.

Jens verschluckte sich. »Du?«, rief er entgeistert.

»Von wem eigentlich?«, fragte Robert, ohne auf Jens zu achten.

Fräulein Stockhausen kicherte. »Das möchtest du wohl wissen, nicht wahr?«, rief sie gut gelaunt. »Also gut. Jetzt kommt das Geheimnis der ersten Geige.«

Sie nahm einen Schluck Kaffee und fing zu erzählen an: »Von wem du die Geige an jenem Abend geschenkt bekommen hast? Ich gebe zu, von mir. Und das war so: Weil ich viel allein bin, hatte ich Lust, wieder einmal einen Schüler zu haben. Eigentlich habe ich mit dem Unterrichten aufgehört. Bin ja nicht mehr die Jüngste, nicht wahr?«

Hier lachte sie kurz.

»Eines Nachmittags sah ich dich, lieber Robert, wie du deiner Schwester auf dem Spielplatz so schön vorgesungen hast. Du bist wirklich musikalisch, nicht wahr? Ich kam auf die Idee, dir meine Übungsgeige zu überlassen. Ich hatte mir gedacht, dass ein Junge, der so schön singen kann, unbedingt Musik machen sollte. Aber ich sah auch, dass du dir nie eine Geige würdest leisten können. Und überhaupt: Konnte ich einfach zu dir hingehen und sagen: ›*Mein Junge, du solltest Geige lernen. Hast du nicht Lust?*‹ Nein, das wäre irgendwie seltsam. Da kam mir eine Idee …«

»Sie wollten ihm eine Geige schenken«, rief Josefa dazwischen.

»Genau«, sagte Fräulein Stockhausen und lächelte. »Als dann die kleine Lotta ihre Mütze im Sand liegen ließ, wusste ich, dass du noch einmal zurückkommen würdest. Das war die Gelegenheit. Also holte ich schnell die Geige und wartete auf dich.«

»So etwas hab ich mir doch gedacht!«, rief Robert. »Haben Sie auch das Schild im Kasten extra für mich angebracht?«

Fräulein Stockhausen nickte stolz.

»Damit haben Sie uns aber ganz schön Kopfzerbrechen bereitet!«, meinte Josefa.

»Das glaub ich gerne. Und es hat funktioniert, nicht wahr?«, murmelte Fräulein Stockhausen und zwinkerte Robert spitzbübisch zu. »Jetzt hab ich einen begabten Schüler.«

Roberts Eltern und Josefas Mutter schüttelten ungläubig die Köpfe.

»Wartet ab, es kommt noch besser«, rief Robert und lief mit Josefa nach nebenan, um die zweite Geige zu holen.

Staunend schauten die Eltern auf die beiden Geigen.

»Dies ist die zweite Geige, die habe ich gestern allein nach Hause gebracht. – Warum eigentlich?«, fragte Josefa und sah Fräulein Stockhausen an.

»Dann lüfte ich auch gleich das Geheimnis

der zweiten Geige«, sagte Fräulein Stockhausen und hob den Zeigefinger. »Das war so: Es drohte sozusagen Gefahr und alle Geigen mussten mein Haus verlassen. Und da kamst du nun allein, Josefa, weil Robert nicht durfte.«

Hier räusperte Jens sich verlegen.

»Die Geige musste fort. Aber ich selbst durfte mich auf keinen Fall mit einer Geige zeigen. Die Ganoven, vor denen man mich gewarnt hatte, schlichen schon im Viertel herum.«

»Stimmt!«, rief Robert aufgeregt dazwischen. »Die haben uns nach einer Geigenlehrerin gefragt. Gleich am ersten Tag. Wir haben gesagt, wir hätten keine Ahnung, und haben sie stehen lassen.«

»Gut gemacht«, lobte Fräulein Stockhausen. Dann erzählte sie weiter: »Ich kam auf die Idee, diese zweite Geige dir, Josefa, mitzugeben. Niemand hätte vermutet, dass es nicht deine eigene Geige ist, nicht wahr? Hättest du Roberts Geige dabeigehabt, wäre es sehr auffällig gewesen. Wer spaziert schon mit zwei Geigen durch die Gegend? Da kann doch etwas nicht stimmen …«

»Dies ist also Ihre Geige?«, fragte Josefas Mutter.

»Das ist meine Geige«, nickte Fräulein Stockhausen, »auf der ich täglich spiele. Sie ist sozusagen meine Alltagsgeige. Aber eigentlich drehte sich alles um meine Sonntagsgeige. Sie war diejenige, die wirklich in Gefahr war, denn sie ist etwas Besonderes.«

»Das ist die dritte Geige!«, riefen Robert und Josefa im Chor. Schnell holten sie die dritte Geige.

EINE GEIGE REICHT!

»Drei Geigen?« Josefas Mutter schüttelte den Kopf.

»Das ist die Geige, die Josefa gestern mutig gerettet hat«, sagte Robert und zeigte auf den schwarzen Kasten in seiner Hand.

»Zusammen mit dir!«, ergänzte Josefa.

»Drei Geigen, oha«, murmelte Jens und nippte an seinem Kaffee.

»Diese Geige hat ein besonderes Geheimnis. Sie ist nämlich auch eine ganz besondere Geige, nicht wahr?«, erklärte Fräulein Stockhausen. »Eine echte *Sandini*. Sagt selbst: Ist sie nicht wundervoll?«

Sie öffnete den Kasten, nahm die Geige heraus, legte sie ans Kinn, spannte kurz den Bogen und ließ ihn dann über die Saiten tanzen.

Alle hörten sprachlos zu.

»Sie spielt sich fast von selbst, nicht wahr!«, rief Fräulein Stockhausen begeistert und hielt die Geige den anderen hin, damit sie das wertvolle Stück bewundern konnten.

»Ist ja auch kein Wunder. Mein Urgroßvater Sandini hat sie selbst gebaut. Er war schon zu Lebzeiten einer der berühmtesten Geigenbauer der Welt.«

»Ist nicht wahr«, murmelte Jens und nahm einen kräftigen Schluck Kaffee.

»Doch, doch«, lächelte Fräulein Stockhausen. »Nur wenigen Menschen ist bekannt, dass es noch eine echte *Sandini* gibt und dass ich sie habe. Doch vor einigen Jahren wurde sie mir beinahe gestohlen. Nur durch einen Zufall blieb sie mir erhalten. Seither weiß man in jenen Kreisen von dieser echten *Sandini*«, sagte sie finster und schob sich einen Bissen vom Apfelkuchen in den Mund.

»Als ihr beide zur ersten Geigenstunde zu mir kamt«, fuhr sie fort und sah Robert und Josefa an, »da wusste ich, dass ihr es ernst meint mit der Musik. Am Abend dann rief mich ein alter Freund an und warnte mich. Alle Geigen mussten fort aus meinem Haus, und zwar möglichst schnell. Nichts sollte darauf hindeuten, dass hier eine Geigenlehrerin wohnte. Schon gar nicht die Urenkelin des berühmten Sandini! Eine von meinen drei Geigen hatte Robert schon, sie ist, ehrlich gesagt, nicht sehr wertvoll.«

»Aber schön!«, murmelte Robert.

»Die zweite nahm Josefa mit«, sagte Fräulein Stockhausen. »Als ihr dann mit dem Kinderwagen kamt, war ich mir sicher, dass ihr meine wertvolle *Sandini* gut fortbringen könnt. So gut versteckt war sie gewesen bei der kleinen Lotta! Doch es kam alles anders, wie so oft ... «

»Tja, *ich* kam dann zum Glück«, fiel Jens stolz ein.

Roberts Mutter lächelte.

»Das war ein Glück, tatsächlich«, murmelte Fräulein Stockhausen und strich sanft über die Rundungen der dritten Geige. »Wer weiß, was sonst passiert wäre.«

»Dann hätte der Blasse sie gestohlen und verkauft. Ich hab's selbst gehört. Ausgesorgt hätte er dann, hat er gesagt.« Robert hatte einen roten Kopf vor Aufregung.

»Soso«, murmelte Fräulein Stockhausen, »das mag wohl sein. Sie ist wirklich sehr wertvoll. Nun, dann kann ich meine beiden Schätze ja wohl wieder mit nach Hause nehmen, nicht wahr? Ich danke euch, Kinder. Ihr habt das ausgezeichnet gemacht.« Sie reichte Robert und Josefa die Hand.

»Moment«, rief Robert. Ihm fiel da etwas ein. »Papa, wo du jetzt alles weißt, darf ich bitte zu Hause üben? Schau mal, diese wundervolle Geige darf ich haben!« Er zeigte auf die erste Geige, die in ihrem Kasten auf dem Sofa lag.

»Außerdem kann Lotta prima zu der Musik einschlafen«, ergänzte Josefa.

»Das stimmt«, bestätigte Roberts Mutter.

»Dann ist doch alles gut, nicht wahr?«, rief Fräulein Stockhausen und strahlte.

Dann nickte sie Robert zu. »Zeig mal, was du schon kannst.«

Zögernd holte Robert seine Geige aus dem Kasten, legte sie an sein Kinn, schaute unsicher zu Jens und strich zaghaft mit dem Bogen über die Saiten.

Eine kleine Melodie erklang, zart und fein stieg sie hoch und sank wieder herab, als käme sie zu Hause an.

Alle schwiegen andächtig. Sogar Jens.

»Lala!«, flüsterte Lotta.

Da nickte Jens. Dann zeigte er auf die beiden anderen Geigen. »Aber nur, wenn Sie diese da wieder mitnehmen«, sagte er streng. »Eine Geige im Haus reicht vollkommen.«

Ulrike Kuckero, 1952 geboren, studierte Literaturwissenschaften, Anglistik und Pädagogik in Kiel, New York und Hamburg. Zwar bekam sie keine Geige geschenkt, doch lernte sie als Kind Klavier spielen und macht seither gern Musik. Sie lebt mit ihrer Familie in Bremen und unterrichtet an einer Grundschule.

In der Reihe »Thienemanns Buchpiraten«
u. a. bereits erschienen:

Die Zahnspangenjagd
Lilys Tierstation
Geheimsache Hund
Die Jagd nach den Handydieben

Die Deutsche Bibliothek – CIP-Einheitsaufnahme
Ein Titeldatensatz für diese Publikation ist bei
Der Deutschen Bibliothek erhältlich

Kuckero, Ulrike:
Das Geheimnis der drei Geigen
ISBN 3 522 17535 2

Einbandgestaltung: Siglint Kessler
Einband- und Innenillustrationen: Dorothea Tust
Typografie: Michael Kimmerle
Schrift: Sabon Roman / ITC Kabel
Satz: KCS GmbH in Buchholz/Hamburg
Reproduktion: Die Repro in Tamm
Druck und Bindung: Friedrich Pustet in Regensburg

5 4 3 2 1* 02 03 04 05

Thienemann im Internet: www.thienemann.de